小林秀雄の「人生」論

浜崎洋介 Hamasaki Yosuke

NHK出版新書
665

小林秀雄の「人生」論　目次

序章　「人生の教師」という像

「小林秀雄」を貫くイメージ

これまで、「小林秀雄」という名前には様々なイメージが付きまとってきました。たとえば、昭和初期の論争的な文芸時評や「ドストエフスキイ・ノート」などを引き合いに出しながら、近代日本における〝文芸批評の祖・小林秀雄〟を語る向きもあるでしょうし、また、戦中に書かれた『当麻《たえま》』や『無常という事』や『実朝《さねとも》』などの古典論から、〝日本回帰した伝統主義者・小林秀雄〟の像を描くこともできます。あるいは、戦後に発表された『モオツァルト』や『ゴッホの手紙』や『近代絵画』などに注目して、〝芸術論の名手・小林秀雄〟という論を組み立てることもできるでしょう。さらには、フランスの哲学者・ベルクソンを論じた「感想」や、その晩年の大著『本居宣長』などに注目すれば、〝思想家・小林秀雄〟という像も描けるはずです。

もちろん、こうしたイメージの一つ一つには根拠があります。しかし一方で、容易にはその全体像を描かせてくれない「小林秀雄」という文学者には、今の今に至るまで、一種の捉えどころのなさがついて回っていることもたしかでしょう。小林秀雄の読者にとっては、それが魅力の一つだと言うことはできますが、しかし、そのために、小林秀雄のイメージが断片化してしまっては、入門者は困惑するばかりです。というのも、人が人に触れ、その言葉に耳を傾けようとするとき、必ず私たちは、その人の統一的なイメージから、言い換えれば、その人の全体像への「直観」から、はじめざるを得ないからです。

では、一体どのような視点が、小林秀雄の入門者にとって適切なのか。

それを考えるとき、私が常に思い出すのは、たとえば、小林秀雄の七歳下の大岡昇平《しょうへい》（一九〇九―八八）が描いた一つの小林秀雄像、「人生の教師」というものです。大岡昇平自身は、戦後に発表した『俘虜記《ふりょき》』や『野火《のび》』、『レイテ戦記』などの戦記文学で知られていますが、実は、その出発点は戦前にあります。学生時代に、河上徹太郎、中原中也、青山二郎といった文学者たちと出会い、彼らとの交わりのなかで、自分の文学的人生を立ち上げていた大岡ですが、なかでも、小林秀雄との関係は特別なものでした。当時大岡が通っていた成城高校の村井康男という教師が小林秀雄の友人だったこともあり、十九歳（正確には十八歳十一カ月）だった大岡は、村井の紹介で小林にフランス語の個人授業を頼み込むことになります。それが、その後五十五年もの長きにわたる、〝師・小林秀雄〟との付き合いのはじまりでした。

「人生の教師」というエッセイは、『日本の文学43　小林秀雄』という論集を編んだ際に、その解説文として書かれたものですが、その編集にあたって大岡は、初期よりも、戦中以降に書かれたものを多く集めた理由について、次のように書いていました。

小林は昭和十六年ごろから、意識して文壇から遠ざかっていた。「私の人生観」や近著「考へるヒント」などの題名が示すとおり、むしろ人生の教師・現代のソクラテスの位置を取っているのである。〔……〕そしてこの地位が決して楽に保たれたものでもないことを、見ていきたいと思う。（「人生の教師」『小林秀雄』中公文庫、61頁。〔……〕は中略、以下同）

その上で、小林秀雄の「人生」の推進力となったものについて大岡は次のように指摘します。

「モオツァルト」はコスモポリタンであったが、とにかくオーストリア人であり、カトリック信者であった。しかも西欧音楽という、われわれの存在との関係が、すこぶる疑わしいものを素材としている。私は小林がある外国人に向《むか》って、「あれは自分の渇きsoifを現わしたものだ」というのを聞いたことがある。こういう風に自分の仕事を明白に意識しているのも、小林の精神の特徴であるが、この理論家の不断の探求の底には、一つの人生的な渇きがあって、推進力となっていると考えられるのである。（同前65―66頁）

〔小林においては、〕信仰の問題は、ドストエフスキイについても、彼自身についても、追及されなかった。「白痴」や「カラマゾフの兄弟」の研究が、未完成に終ったのも、神の存在の問題が、彼がラスコオリニコフの飢渇を追及したと同じ規模で追及されないからである。これは日本でキリスト教の神を考える者が必ず陥る袋小路である。小林はただ立ちどまるという自由を手に入れていた。おそらく「本居宣長」で最も日本的に解決されるであろう。（同前70頁。〔 〕内は引用者注、以下同）

この大岡昇平の文章は、おそらく次のようにまとめることができます。〝小林秀雄には、カトリック信者であるモーツァルトと自分を重ねるようなところがあり、まさに、そんな「神」への「渇き」を見つめて、ドストエフスキーの『白痴』や『カラマーゾフの兄弟』を通じて「神」の問題へと向かうことになった……が、しかし、そうは言っても日本人である自分は、ドストエフスキーのように「神」を信じることができない。そこから小林は本居宣長へと向かい、そこで一神教とは違う「信仰」を摑《つか》んでいったのではないか〟と。

そして、さらにこの大岡の指摘からは、小林秀雄の「人生」を理解するためのいくつかの結節点と、それに即した小林の思考の方向性を浮かび上がらせることができます。

まず一つは、大東亜戦争（太平洋戦争）が開始される昭和十六年（一九四一）頃から次第に小林が隠遁《いんとん》的になっていき、自分のそのような孤独を守るようにして書かれたのが戦後の〝人生論〟、すなわち『私の人生観』や『考えるヒント』であったということ。

二つ目は、そんな人生を支えるもの――これはドストエフスキー（一八二一―一八八一）の言葉で言えば「神」となりますが――、その「神」のようなものに対する〝渇き（渇望）〟を、小林は戦後、音楽や絵画といった「芸術」によって癒そうとしていたということ。

そして、三つ目が、その「芸術」を通じて、「人生を支えるもの」を、つまり「神のようなもの」を見出し、その信仰のあり方を本居宣長（一七三〇―一八〇一）によって総合し、それを日本人の信仰心として描き出そうとしていったのではないかということです。

もちろん、これは小林の足跡を事後的に整理したもので、現実には、小林秀雄の信念の形成過程は、もっと紆余曲折《うよきょくせつ》に満ちたものでした。が、ここではまず、小林秀雄像を統一的に理解するために、あえて大きな見取り図を示しておくことにします。

　要するに、一方の極に、ドストエフスキーが描いたような「故郷」を失った青年たちを置き、もう一方の極に、「故郷」への信仰を手にしている「本居宣長」を置く。そして、その〝あいだ〟に小林秀雄の出発点を見定めるのです。ドストエフスキーは近代人の孤独というものを徹底的に描いた作家でしたが、小林は、その「孤独」をドストエフスキーと分け持っていると考えていました。しかし、その一方で、その近代からくる「渇き」を、ドストエフスキーのようにキリストで癒すことができない小林は、そこから、自らの信仰を見出すべく本居宣長への道を歩いていくことになるのです。つまり、この二つの点の間を繋《つな》ぐ綱の上に、小林秀雄の「人生」があったのだということです。

　とすれば、やはり、その綱渡りのなかにこそ、「人生いかに生くべきか」という問いに対する、小林秀雄の答えは示されていると考えるべきでしょう。その道行きを、小林秀雄の思考と共に辿《たど》り直すこと、それが、本書の大きなテーマだということになります。

「近代」と「日本」との関係を問いただす

　しかし、小林秀雄に「人生の教師」という姿を見出そうとする論者は、じつは珍しくありません。たとえば、作家の水上勉《みずかみつとむ》（一九一九－二〇〇四）は、「小林さんは当代の思想家であり、文章家であるが、いったい、どんなことを材料に語られても、そこに人生が語られないことのない文章家である」と書いていましたし（小林秀雄『人生について』解説）、また、『小林秀雄の流儀』のなかで評論家の山本七平《しちへい》（一九二一－九一）は、「人がもし、自分が関心があることにしか目を向けず、言いたいことしか言わず、書きたいことだけを書いて現実に生活していけたら、それはもっとも贅沢《ぜいたく》な生活だ。〔……〕私が小林秀雄の中にみたのはそれであった」と語っていました。そのほか、ハイデガー学者の木田元《げん》（一九二八－二〇一四）が書いた『なにもかも小林秀雄に教わった』という本や、小林の警句や箴言などを拾って編まれた『人生の鍛錬』などという本にも、小林秀雄に〝人生の教師〟を見出そうとする姿勢を見てとることができます。

ただし、ここで注意しておきたいのは、だからといって小林秀雄が、単に個人的な処世術や自己啓発だけを目指して物を書いていたのではないということです。後述するように、小林秀雄の問いの根の部分には、常に近代日本や、それを引き受けた日本人に対する眼差しがありました。つまり、異質な西洋文明を輸入して社会を作っていかざるを得なかった近代日本において、日本人はいかに生きていくべきなのか、小林の問いは、いつもそこに向かっていったです。

その点、小林には、旧弊《きゅうへい》な伝統主義者、反動的な日本主義者というイメージもついて回っています。が、それは端的に誤解だと言うべきでしょう。実際、日本を問うと同時に、小林が相手取っていたのは、ボードレールやランボー、ドストエフスキーやモーツァルト、ゴッホやベルクソンといった西洋近代を代表する芸術家や思想家だったのです。

では、このことをどう考えるべきなのか。それは、たとえば小林秀雄が、七十九歳の晩年に書いた絶筆「正宗白鳥の作について」（一九八一）を読めば明らかになります。

正宗白鳥《まさむねはくちょう》（一八七九―一九六二）という文学者は、かつて小林秀雄との間で「思想と実生活論争」を戦わせた〝論敵〟でしたが、晩年、その正宗白鳥の生き方について、小林は非常な敬意と共感をもって論じ直すことになります。そして、かつて二人の間で交わされた論争についてこう言うのです、「論争をするとは、人生如何《いか》に生くべきかという、自力で自分流にしか入り込めない汲尽《くみつく》せぬ難題に、知らぬ間に連れ込まれる事だった」と。

その上で小林は、西洋近代というものと直面しなければならなかった正宗白鳥の宿命に「満腔《まんこう》の同感」を示しながら、次のように語っていました。

> 向《むこ》う〔＝西欧〕の紆余曲折した歴史の長旅が、こちらでは、そのままいかにも強引に圧縮された形を取り、過去の封建的因襲《いんしゅう》からの近代的自我の脱却とその確認という強力な課題となって文壇を急襲したのだが、この衝撃を、自然派の代表的作家達〔＝島崎藤村、田山花袋、徳田秋声、国木田独歩など〕ほど正直に受取った人達はいなかったと、「自然主義文学盛衰史」の作者〔＝正宗白鳥〕は見たのである。〔……〕
>
> 〔……〕近代人たれという要請に対し、何故、文壇にあれほどの騒ぎが起ったか。その成り行きを、作者は身を以《もっ》て知っていたのである。この要請を、文壇人は、学者のように、新知識の到来と気楽に受取れなかったし、又、政治家のように、これを行動にかまける事も出来なかった。言ってみれば、近代的自我とは何かという問いを、剝《む》き出しの感受性で迎えざるを得なかった。（『小林秀雄全作品　別巻二』209―210頁。以下『全作品　巻数』と表記）

この文章で注意するべきなのは、「近代人たれという要請」に対する応答について、小林秀雄が、学者や政治家の対応と、文学者の対応とを区別して考えている点です。

学者にとって「近代」とは、あくまでも自分の外に見出された「新知識」、つまり、新たに己《おのれ》の身を飾る装飾品でしかありませんでした。また、政治家にとって「近代」とは、あくまで外面的な「行動」の物差し、つまり、近代国家建設のために設《しつら》えられた観念でしかありませんでした。が、「剝き出しの感受性」をもって、その「自我」を問う文学者にとって、「近代」は、単に外的な「新知識」や「行動」の物差しとして受け取ればいいものではなかったのです。それは、文字通り「自我」との関係において問い直すべきもの、言い換えれば、自らの生き方と、その言葉による表現において問いただすべきものだったのです。

しかし、それならなおさら、その身をもって「近代」を問い直そうとする文学者にとって、「近代」が接続されたその先にある「日本」もまた、徹底的に問い直さねばならない主題だったと言うべきでしょう。どれだけ西洋の最先端の知識を頭に詰め込んでみたところで、それを実際に生きているのは、「日本的なもの」としか言いようのない〝文脈〟――その自然・言語・歴史――を担っている、この「私」であり、この身体であるほかはないからです。

接ぎ木と「砧木の幹」

はたして、「正宗白鳥の作について」というエッセイは、正宗白鳥の文学から、次第に、その白鳥自身が影響を受けていた内村鑑三《かんぞう》（一八六一―一九三〇）へと眼差しを向け変えていくことになります。そして小林は、内村鑑三の「接木《つぎき》」という言葉に目を留めます。つまり、「日本」に「西洋近代」を接《つ》ぎ木した部分に目を向け、そこをたしかに接着させるために、一体何が必要なのかと問うのです。

そのとき、小林が手掛かりとしたのが「砧木《だいぎ》の幹」（内村鑑三）という言葉でした。「砧木」は「台木」と同じ意味で、大地から接ぎ木の接着面まで水を汲《く》み上げて、接ぎ木へと養分を流し込んでいくための基盤のようなものですが、それと同じように、接ぎ木された「西洋近代」に命を運んでいるのも、「砧木の幹」としての日本の伝統ではないのかと言うのです。実際、言葉に生きたリアリティを付与しようとする文学者たちにとって決定的だったのも、この「砧木の幹」としての「日本の伝統」でした。日本人のものの見方や感じ方、それらを言葉にする際の方法や枠組みを無視しては、文学者が「日本語」を自由に使いこなすことはできないでしょう。

そして、そこから小林は、内村鑑三の「砧木の幹」であるところの「士魂《しこん》」に目を向けていきます。

高崎藩士の長男として生まれた内村鑑三が、明治になって英語を学び、のちに札幌農学校でキリスト教に出会っていく経緯を知っている読者は多いと思いますが、小林は、そんな内村鑑三の人生のなかに息づく「士魂」に着目しながら、しかし、それゆえにこそ内村が、日本の「アウトサイダー」にならざるを得なかった必然について、親友である河上徹太郎（一九〇二―八〇）の『日本のアウトサイダー』（一九五九）を下敷きに論じていくことになります。つまり、内村鑑三と同じ「士魂」によって「近代」を受け止めてきた岡倉天心《てんしん》（一八六二―一九一三）や河上肇《はじめ》（一八七九―一九四六）などに目を向けつつ、そんな彼らが、なぜ「アウトサイダー」の立場に立たざるを得なかったのかについて考えるのです。

その理由も、やはり「砧木の幹」と関係していました。というのも、「明治の文明開化の風潮に乗り、眼を外に向ける事によって多忙になった世人」にとって、「文化の底流」に流れる内的な感情を拾い上げ、「眼を内に向け」る人は基本的に〝遅れている〟と見做《みな》されてきたからです。功利主義と物質主義によって近代国家を立ち上げ、「外」に目を向けることで学者や政治家を養成してきた日本社会のなかでは、足元の「砧木の幹」に目を向け、自分の内に眠る「士魂」の存在を自覚し、それを、いかにして西洋近代と接合させるのかと問う人間は、それこそ「幻《ヴィジョン》を見る人」（河上徹太郎）として敬遠され、その身を「アウトサイダー」の立場に置かざるを得なかったのです。

かくして、小林秀雄は、河上徹太郎が「士魂」の系譜を描こうとして採用した列伝形式に注目し、河上も参照し、愛読もしていたイギリスの評伝作家リットン・ストレーチー（一八八〇―一九三二）へと目を移し、さらには、『ヴィクトリア朝の名士たち』や『ヴィクトリア女王』などでストレーチーが描こうとしていた人間の「無意識」について言及し、そこにフロイトとユングについての議論を差し込んでいくことになります。

結局、「正宗白鳥の作について」というエッセイは、ユングの自伝について触れたところで途絶えることになりますが、その文脈から推測できるように、おそらく小林の言いたかったのは、「砧木の幹」を問うことは、そのまま私たちの「無意識」を問うことであり、それは、そのまま近代日本人の生き方を問うことだということだったのでしょう。それは単なる伝統回帰の言葉ではなく、むしろ「近代」の迎えかたを問う言葉、私たち近代日本人の生き方を問う言葉だったと言えます。

小林の「動揺」を跡づける

その点、この日本人の「砧木の幹」に着目し、それを探索するという営みは、次章以降述べるように、晩年のみならず小林秀雄の批評文学全体を貫く主題だったと言えます。ただし、それは初めから自覚されていたわけではありません。たとえば、「再び文芸時評に就《つ》いて」（昭和十年＝一九三五）というエッセイには、次のような言葉があります。

> 僕に文学批評の術を教えてくれたのは彼等〔＝サント・ブーヴ、アナトール・フランス、グールモン、ルメートル、ジイドなどフランスの批評家たち〕であった。いや、僕は彼等にばかり学んだ。我が国の先輩批評家などには一言半句も教わらなかったのである。（『全作品 第六集』131頁）

「彼等」というのは何も批評家に限りません。実際、デビュー前の小林秀雄は、ボードレールやランボーやベルクソンなどからも学んでいましたし、大正教養主義以来の洋書濫読の雰囲気のなかで育っていました――それは、たとえば大岡昇平の「小林秀雄の世代」というエッセイを読めば明らかでしょう――。しかし、だとすれば、そんな西欧的教養に身を浸して自己形成した小林秀雄が、自分にとっての「砧木の幹」を見出し、それを西洋近代と接ぎ木していくという作業は、やはり、それなりの動揺を伴う経験だったと考えていいでしょう。そして、その葛藤と動揺こそが、まさに小林秀雄の批評を生み出していくのです。

では、この「葛藤と動揺」とは、具体的にどのような経験だったのでしょうか。

そもそも「砧木の幹」とは、人間にとっての「無意識」、私の衝動を支えている「内的なもの」です。他方、人間にとっての「意識」は、私が私の衝動を枠づけるために編み出した「外的なもの」です。とすれば、この「内的なもの」と「外的なもの」との二律背反という主題は、人間にとっての基本的な「生」の主題だと言うべきでしょう。

具体的な例で考えてみましょう。人が社会人として生きていくためには、様々な「仮面」を必要とします。会社員、教師、学生、夫、妻、父、母、息子、娘……、それらの「役割」を担うことによって、彼／彼女は他者との通路を見出していきます。しかし、その一方で、人は「役割」には還元しきれない実存の手触りを感じながら生きています。幾多の「仮面」を被《かぶ》りつつ、それを時と処と立場で使い分け、ときに現れる役割間の矛盾を調整している〝この私〟、それは「役割」の手前にあって、〝この私〟のリアリティを支えている一回的で取り換え不可能な「直観」を担っています。前者は、外的なものとしての記号性を意味しており、後者は、その記号的役割を操作する内的な持続性を示しています。

しかし、それなら「人生」とは、この葛藤と動揺の異名だと言うこともできるのではないでしょうか。それを考えるため、仮に、この葛藤を避ける道を考えてみましょう。

一つは、「外的なもの」だけを優先して生きていく道です。しかし、そうすると「内的な実感」を犠牲にせざるを得ないので、〝この私〟の手触り――唯一性のリアリティ――は見失われてしまい、その結果として、彼／彼女の社会的立場とは関係なく、自らの存在感は霧散してしまい、人は「役割」のなかで窒息していってしまうことになります。

では、逆に「内的なもの」だけを優先していく道はどうでしょうか。しかし、そうすると「外的な状況」を無視してしまうことになるので、人は自分一人の世界へと閉じていってしまうことになります。つまり、自己絶対化された主観のなかで、他者への通路を見失い、「狂気」のなかで自己の輪郭を溶解させていってしまうのだということです。

しかし、それなら「内的なもの」と「外的なもの」とは、結局折り合っていくしかないということになります。そして、その「折り合い」には必然的に葛藤と動揺が伴うことになります。では、その葛藤と動揺は、どのように引き受けられるべきなのか。言い換えれば、その両者の均衡点（バランス）は一体何によって見出すことができるのか。

本書の主題は、そんな問いと答えとの循環を、小林秀雄の批評文のなかに跡づけていくことにあります。しかし、それは決して文学者だけの問題ではないでしょう。この「内的なもの」と「外的なもの」との均衡と安定という主題は、まさしく私たち自身が生きている問題、人間であれば避けることのできない人生論だと言うべきです。

本書の構成

以上のことを踏まえて、本書では、小林秀雄の思考を三つの過程に分けるとともに、それに沿って、〝人生の教師・小林秀雄〟の像を描いていきたいと思います。

まず、第一章は、「批評とはどんな営みか」と題して、日本近代史（戦前史）を概観しながら、そこで孕《はら》まれていた問題について論じていきます。それによって、明治から大正を潜《くぐ》って、昭和初期になって、なぜ小林秀雄の「批評」が出てきたのかという理由を浮き彫りにしていくとともに、外的なものに対する内的なものという主題が、小林にとってどのような形で摑まれていったのかということを確認したいと考えています。

また、第二章は「自己を支えるものとは何か」と題し、その試行錯誤のなかから、次第に「伝統」と呼ばれるものを見出していく中期小林秀雄の思考過程を辿っていきます。つまり、「外的なもの」には還元不可能な「内的なもの」、そして、「内的なもの」を支えている「全体的なもの」という主題のなかに、次第に小林秀雄の「伝統論」が育まれていく過程を論じていきます。その「全体的なもの」とは、主義として対象化することのできないもの、言い換えれば、言語や歴史など、いわば人間が人間として生きるための条件のようなものを指しています。

そして、さらに第三章では、「直観を信じるということ」と題して、「伝統」への信念を見出した小林が、その信念と共に「戦後」をどのように生きていったのか、自らに与えられた「直観」を「全体的なもの」――自然・言語・歴史――への信仰に繋げ、それをどのように表現していったのかなどについて論じていきます。具体的には後期の小林秀雄の仕事――ベルクソンの影響下で書かれた『私の人生観』（昭和二十四年＝一九四九）から、セザンヌ論、ゴッホ論、そして本居宣長論に至るまでの流れ――を確認しながら、まさに、「全体的なもの」から養分を汲み上げて生きる人間の「人生」について論じていきたいと考えています。

そして、終章は、人が自立的に生きていくことの意味と、「幸福」との関係について改めて考えながら、それを小林の「直観」という言葉によってまとめておきたいと思います。

では、さっそく本論へと入っていきましょう。

第一章　批評とはどんな営みなのか

1　近代日本が抱えた問題

明治近代化とは何だったのか――物質文明・ヒューマニズム・キリスト教

まず、この章では、なぜ小林秀雄が昭和初期に登場してきたのか、また、なぜ彼が「文芸批評の祖」と呼ばれることになったのかという点から考えておきたいと思います。

というのも、「どうして、近代が始まる明治ではなく、昭和になって登場してきた小林秀雄が、批評の祖と呼ばれているのか」と疑問に感じる人が多いと思うからです。しかし、この疑問は、明治、大正、そして昭和という時代が抱え持っていた問題を見ていくと、氷解するはずです。その点、やはり小林秀雄の登場は時代が要請していたものだと言っていいでしょう。

まず、ここで引いておきたいのは、序章でも言及した、河上徹太郎の『日本のアウトサイダー』という本です。この本のなかで河上は、近代日本が西洋から輸入したものとして、三つのものを挙げていました。物質文明、ヒューマニズム、キリスト教です。

ただし、この三つの要素は、西洋では有機的な統一感を持っていたのに対して、それらをバラバラに輸入した近代日本では、それらの繋がりが見えなくなってしまいます。簡単に整理しておきましょう。

まず、西洋における物質文明、ヒューマニズム、キリスト教のなかで、最も重要なのは、言うまでもなくキリスト教です。一神教としてのキリスト教こそが、世界の創造主としての神を中心とした、西洋文明社会の基盤を創り出すことになります。

ただし、ここで注意すべきなのは、この創造主の概念が、西欧社会にヒューマニズムと物質文明をもたらすことになった理路《りろ》です。創造主の概念は、必然的に「世界は神によって造られたものである」という被造物観を導くことになりますが、それは、モノに神や霊が宿ると考えるアニミスティックな世界観——八百万《やおよろず》の神に馴染んだ日本人の世界観——の反対に位置づけられるものです。というのも、「世界は神が造ったもの」なのだとすれば、モノに神や霊が宿ることはなく、モノはあくまでモノでしかないということになるからです。しかも、その造られたモノたちのなかで、神に似せて造られたモノが人間であり、また、神は人間以外の被造物を人間の手に委ねたのだとすれば、ここからヒューマニズムと物質文明の芽が出てくるのは当然だと言えましょう。

世界が神によって造られているのなら、あの木を祀《まつ》ろうだとか、あの山を崇《あが》めようだとかのアニミスティックな発想が出てくる余地はなくなり、森羅《しんら》万象《ばんしょう》すべてのモノは人間が対象化し、分析し、操作していくモノと化していくことになります。そして、その先で、神の理性（法則）を通じてモノを支配していくという科学主義も可能になります。要するに、キリスト教の被造物観から、必然的にヒューマニズム（人間中心主義）と、物質文明（科学主義）が導かれることになるのです。

しかし、この被造物観のない日本では、輸入された三つの観念が無関係に並列することになり、その結果として、社会の有機性は損なわれていくことになります。

まずヒューマニズムは、「四民平等」と「立身出世」として翻訳されました。つまり、それは「天は人の上に人を造らず」（福沢諭吉『学問のすすめ』）といった形で、士・農・工・商の階層性を取り払った個人主義として解釈され直すことになります。

次に物質文明ですが、これは「文明開化」として解釈されました。明治初期の西洋の猿真似《まね》的な鹿鳴館《ろくめいかん》主義を想い出してもらってもいいですが、より本質的には、日清戦争後の産業革命、つまり富国強兵・殖産興業として実現されていきます。

しかし、ここで問題になってくるのが、「立身出世」（ヒューマニズム）と「文明開化」（物質文明）だけだと、人々のエゴイズムを抑制する歯止め＝国家道徳が作れないということとでした。そこで明治政府は一計を案じることになります。プロイセンの公法学者ルドルフ・フォン・グナイストの助言を受けて、伊藤博文は、西欧におけるキリスト教の等価物を「天皇制」のなかに見出そうとするのです。かくして、「天皇ハ神聖ニシテ侵スヘカラス」という一文を大日本帝国憲法に書き込んだ明治政府は、キリスト教（天皇制）、物質文明（文明開化）、ヒューマニズム（四民平等）の三つの要素を、形だけでも輸入することに成功したのでした。

が、西洋と日本で決定的に違っていたのは、この「天皇」が創造主ではなく、現世的な国家と密着しているものだということでした。そうなると次第に「天皇」は、国家が推し進める「立身出世」と「文明開化」に距離をとることが難しくなってしまい、エゴイズムを抑制する道徳的機能を果たすことが困難になっていってしまうのです。

それでもまだ明治のうちは、天皇制には実質がありました。しかし、それは近代に作られた天皇制の成果というより、前近代に培われた武士道のエートス——恩を貰《もら》った人、住み慣れた土地のために戦うという精神——によるものだったと言った方が正確でしょう。「一身独立して一国独立す」（『学問のすすめ』）とは福沢諭吉（一八三四—一九〇一）の言葉ですが、まさに、この「一身独立して」という言葉に実質を与えていたものこそ、私たち日本人の「砧木《だいぎ》の幹」、古い記憶としての武士道だったのです。

しかし、この武士道の記憶は、明治天皇崩御に伴って決行された乃木希典《まれすけ》将軍の殉死《じゅんし》を最後に、忘れ去られていくことになります。大正期以降、国家道徳への信憑《しんぴょう》が薄まっていくのとは反対に、「立身出世」と「文明開化」は全面化し、「和魂洋才《わこんようさい》」で始まったはずの近代日本は、しかし、ヒューマニズムと物質文明という「洋才」が、武士道のエートスを含んだ「和魂」を飲み込んでいくという形で、つまりは、単なる近代主義的なエゴイズムの方に引きずられていくという形で進んでいくことになります。それは、日露戦争後の社会の大衆化、なかでも、明治三十八年（一九〇五）に起こった日比谷焼き打ち事件などを見ればわかりやすいでしょう。大衆の欲望、不満、憤懣《ふんまん》を堰《せ》き止めるための国家道徳は次第にその力を失い、前近代の〈エートス＝型〉を失ったエゴイズム——ヒューマニズムと物資文明——を前に、近代日本は為すすべを失っていくのです。

大正という時代——「あれも、これも」の心性

さらに言えば、人々のエゴイズムが溢《あふ》れ出して来る一つの切掛《きっか》けとして、大正三年（一九一四）に始まった第一次世界大戦による戦争景気は、やはり無視できません。日英同盟を

結んでいた日本はイギリスの要請で大戦に参戦し、遠くヨーロッパの戦場を尻目に東アジアにおけるドイツ権益を奪い取り、供給力が追い付かないヨーロッパに代わって全世界に日本商品を売っていくことになります。それは近代日本に空前のバブル景気をもたらすことになりますが、しかし、その頃から、「明治の精神」（夏目漱石『こころ』）を支えていた、あの武士道のエートス（士魂）は、完全に死に絶えていったのでした。

そんな時代の転回点を象徴しているのは、同じ大正十一年（一九二二）に報じられた、山《やま》縣《がた》有朋《ありとも》（一八三八生まれ）と、森鷗外（一八六二生まれ）の死でしょう。

近代日本の実質的な権力者だった山縣有朋の死は、その後の日本の政治的混乱を予感させるものでした。天皇に進言することができた「最後の元老」の死は、近代日本の権力中枢に穴が空いたことを意味すると同時に、様々な政治勢力——軍部、議会（政党）、行政（官僚）——を超えて利害調整できる実力者の不在を印象づけることになりました。

また、森鷗外の死も、「明治文学」の後退を決定づけた事件でした。軍医であること（社会人）と、文学者であること（個人）を両立させ、なお、乃木将軍の殉死に衝撃を受けて、近代小説から歴史小説へと向かって行った文豪・鷗外の死は、近代文学における社会性の後退とともに、文学における「伝統」の後退をも印象づけることになりました。

そして時代は、確実に若い個人主義者たちの方に傾いていくことになります。たとえば、大正期に台頭してくる白樺《しらかば》派です。そこに集った武者小路実篤《さねあつ》や、志賀直哉《なおや》や、有島武郎《たけお》などは――彼らは学習院出の上流階級の作家たちでした――、「個性の伸長」によって国家や民族を超越するといった、コスモポリタニズムを唱えていました。あるいは、大正期に人気を博す耽美《たんび》派です。その代表的作家である佐藤春夫や谷崎潤一郎なども、やはり、個人的趣味に偏った美的世界を描いていました。

　これら大正期に出てくる思想傾向は、大正教養主義のバイブルと言われる阿部次郎『三太郎の日記』の言葉を借りれば、概して「Sowohl-als auch〔=あれもこれも〕を喜ぶ性情」を示していたと言っていいでしょう。つまり、「死」を前に「あれかこれか」を決断する武士道に対して、「死」の限定を忘れ去った自己への耽溺《たんでき》、言い換えれば、地に足のつかない「個人的教養世界」へと浮き上がる傾向をもっていたのだということです。そして、この個人の可能性への夢が、のちの大正デモクラシーの夢を後押ししていくのでした。

　しかし、この大正的個人主義は、彼らの足元を支える「経済」が怪しくなった途端、その信憑性を失ってしまうような脆弱《ぜいじゃく》なものでしかありませんでした。戦争景気が終わった瞬間、西欧的教養を身に付けていたはずの個人主義者たちは、何のまとまりもなくバラバラとなって、その後、様々なイデオロギーへと向かって走り出すことになるのです。

実際、当時の経済状況に目を移せば、大正後半から昭和まで、この国が度重なる恐慌に見舞われていることが分かります。第一次大戦後の「戦後恐慌」（大正九年＝一九二〇）にはじまって、関東大震災後の手形処理の失敗に伴う「金融恐慌」（昭和二年＝一九二七）、そして、ニューヨーク・ウォール街の株価大暴落に端を発する世界恐慌（一九二九）に伴う「昭和恐慌」（昭和五年＝一九三〇から昭和十年＝一九三五まで）。じつに、大正から昭和初期にかけての十年のあいだに、この国は三度もの恐慌を経験することになるのです。

そして、それを受けて――ことに大戦が終わった大正七、八年頃から――、この国には次々と新しい思想運動が現れてきます。まず右翼の側では、大正八年（一九一九）に北一輝《いっき》や大川周明《しゅうめい》によって猶存社《ゆうぞんしゃ》が結成されていますが、彼らは不完全だった「明治維新」を完成させるべく、第二革命としての「昭和維新」を主張しはじめていました。また大正九年（一九二〇）には、日蓮系の新興宗教団体である国柱会《こくちゅうかい》に、新しい信仰と世直しの期待を込めて宮沢賢治や石原莞爾《かんじ》が入会することになります。彼らもまた、ヒューマニズムと物質文明に流される近代日本に焦燥を覚えた人々だったと言っていいでしょう。

また、左翼の方でも、大正九年（一九二〇）には日本社会主義同盟が成立し、大正十一年

（一九二二）には、モスクワに本部を置くコミンテルン指導下に日本共産党が結成されます。が、注目すべきなのは、同じ頃、学生団体である東大新人会（大正七年＝一九一八から昭和四年＝一九二九まで）が、やはりマルクス主義的傾向を鮮明にしていたことです。のちに東大新人会からは多くのマルクス主義者が輩出しますが、国家の将来を負って立つエリートのなかから国家革命（転覆）を目論む若者が出て来たということは、やはり、当時の社会不安の強さを示していると考えていいでしょう。

しかも、そんなとき、近代日本を襲ったのが関東大震災（大正十二年＝一九二三年の九月）でした。この大震災によって、東京の風景は一変します。いくら「文明開化」で近代化したとはいえ、それでも昔の面影を残していた江戸以来の街の風景は灰塵《かいじん》と化し、その後に現れてきたのは、コンクリートで固められたモダン都市・東京だったのです。

しかし、そうなると、ますます日本人は自分の足元に不安を覚えることになります。一体どこに立って、何を基盤に人との絆を紡げばいいのかが見えなくなってしまったのです。もちろん、後でも述べるように、新たなモダン都市への夢（新感覚派）や、社会革命の理念（プロレタリア文学）は一時的な〝支え〟にはなり得たのかもしれません。が、それも永続的な理念を創り出すことはできませんでした。その証拠に、一部の例外――つまり、自己絶対化された狂信――を除いて、彼らの信念が十年ともつことはなかったのです。

　こうして、大正後半から昭和初期にかけて、近代日本が、無意識にでも頼りとしてきた「伝統的なもの」は、そのほとんどが空洞化していってしまうことになります。しかも、その不安への対処を迫られたのは、大正初期に現れた個人主義者たちも例外ではありませんでした。たとえば、武者小路実篤は、大正七年（一九一八）から自給自足のコミューンを目指して「新しき村」運動に入っていくことになりますし、また有島武郎は、社会主義の理想とブルジョワ作家である自分との矛盾に悩んで北海道の農場を開放した後の大正十二年（一九二三）六月、女性記者と軽井沢の別荘で心中してしまうことになります。

　しかし、そのなかでも、特に近代日本の行き詰まりを印象づけることになったのは、昭和二年（一九二七）七月、「ぼんやりとした不安」という言葉とともに決行された芥川龍之介の自殺でした。

芥川の死のインパクトと、昭和文学の地平

　芥川龍之介の名前を知らない人はいませんが、彼の人生について詳しく知っている人は決して多くはないでしょう。東京の下町（京橋）で生まれた芥川は、生後七カ月で母が発

狂したことから、母方の伯父の家（両国）で育てられることになります。また、母方の実家・芥川家が代々奥坊主（将軍や幕府役人に茶を調進し、関連する道具や衣類を管理する役職）だったこともあり、芥川は、小さい頃から盆栽、俳句、南画など江戸の人文趣味に親しみ、九歳で俳句を作り、十歳で『水《すい》滸《こ》伝《でん》』を読むなど、その早熟ぶりを示していました。

　しかし、養子だったということも影響しているのかもしれませんが、芥川は、次第に、その古い血縁共同体からの脱出＝自由を夢見ていくことになります。また、それが芥川における西欧への憧れを育み、近代文学への道を歩ませることになります。

　その後、第一高等学校から東京帝国大学英文科へと入り、在学中の大正五年（一九一六）に発表した「鼻」によって漱石に認められデビューした芥川は、その実力から、次第に大正文学をリードしていく作家、その中心的存在へと押し上げられていきます。

　しかし、そんな彼に一つの「不安」をもたらす事件が起こります。それが、関東大震災でした。近代的「精神」を加速させることによって、前近代的「身体」から自由になろうとしていた芥川は、しかし震災によって、その「身体」を支えていた「江戸的なもの」を失くしてしまうと、次第に誰に向かって何を書けばいいのかが見えなくなっていってしまうのです。彼の書いた「羅生門」も「奉教人の死」も「地獄変」も、その「主題」は近代的なものです。しかし、その「文体」は伝統的なものによって支えられていました。つまり、足元にある伝統の喪失は、芥川龍之介に、自分を支えている身体を見失わせると同時に、ますます浮遊していく精神に、無意識の「不安」を感じさせることになっていったのです。

たとえば、それが一番分かりやすく出ている文章が、芥川の遺稿として残された「或阿呆の一生」（昭和二年六月）の冒頭部分でしょう。引用しておきましょう。

> それは或《ある》本屋の二階だった。二十歳の彼は書棚にかけた西洋風の梯子《はしご》に登り、新らしい本を探していた。モオパスサン、ボオドレエル、ストリントベリイ、イブセン、ショオ、トルストイ、……
>
> そのうちに日の暮は迫り出した。しかし彼は熱心に本の背文字を読みつづけた。そこに並んでいるのは本というより寧《むし》ろ世紀末それ自身だった。ニイチェ、ヴェルレエン、ゴンクウル兄弟、ダスタエフスキイ、ハウプトマン、フロオベエル、……
>
> 彼は薄暗がりと戦いながら、彼等《ら》の名前を数えて行った。が、本はおのずからもの

憂《う》い影の中に沈みはじめた。彼はとうとう根気も尽き、西洋風の梯子を下りようとした。すると傘のない電燈が一つ、丁度《ちょうど》彼の額の上に突然ぽかりと火をともした。彼は梯子の上に佇《たたず》んだまま、本の間に動いている店員や客を見下《みおろ》した。彼等は妙に小さかった。のみならず如何《いか》にも見すぼらしかった。

「人生は一行のボオドレエルにも若《し》かない」

彼は暫《しばら》く梯子の上からこう云う彼等を見渡していた。……

これは、ほとんど芥川の精神世界の比喩と考えていいでしょう。つまり、かつては自分も、そこに交じっていたはずの店員や客を見下ろしながら、しかし、今や彼は、自分が下りていく場所を見失っているのです。そして、梯子の上の二階で西洋作家たちが書いた本の背表紙を眺めながら、こう言うのです。「人生は一行のボオドレエルにも若かない〔及ばない〕」と。しかし、それなら「人生」とは一体何なのか。それが、どんなに「見すぼらし」いものなのだとしても、しかし、その一回きりの現実を「一行のボオドレエル」と比べることは正しいことなのか……。こうして、「人生」を信じられなくなってしまった芥川は、「ぼんやりとした不安」という言葉を残して昭和二年七月——昭和元年は一週間しかないので大正が終わって一年もたたないうちに――、睡眠薬自殺を遂げるのです。

しかし、この大正教養主義の象徴であると同時に、人気、実力、教養ともにトップの芥川龍之介の死は、文壇のみならず日本近代社会に大きな衝撃を与えました。芥川の自殺以後、昭和の文学者・知識人たちは、西洋的教養では人を救えないのではないか、個人主義は人の支えにならないのではないか、自由が自由だけの力で自分を保つことはできないのではないかといった問題に直面していくことになります。

こうして、芥川の死によって拓《ひら》かれた地平こそ、教養主義、個人主義、自由主義などの「近代」的理念をいかに超克するのかを問う昭和文学の地平だったのです。そして、そのとき主要な文学思潮が二つ台頭してきます。一つが、横光《よこみつ》利《り》一《いち》（一八九八―一九四七）を中心とする新感覚派、もう一つが、マルクス主義を奉じるプロレタリア文学です。

新感覚派は、それまで通用していた「自我」や「教養」など、まとまりのある枠組みを捨て、震災以後のモダン都市・東京のなかで断片化された感覚を、文字通り「新感覚」として拾い上げ、それを並列的に並べて見せたところに新しさがありました。彼らは、人間も、汽車も、馬も、蠅《はえ》も、駅も、同じ「感覚」として差別なく扱い、それを一つの平面上に並べて見せるという「実験」を繰り返していきます。

一方、プロレタリア文学は、新感覚派以上の熱を帯びていました。もはや、個人的教養も個人的自由も、自分たちを支えない一つのブルジョワ的イデオロギーでしかないのだとすれば、今度こそ文学は、その階級イデオロギーを乗り越えるための「唯物弁証法」の真理に、つまり、マルクス主義の革命理論に従うべきではないのか。彼らは、そう語りながら、まさしく個人主義を乗り越えた文学を、「政治（共産革命）のための文学」を説くことになります。

その後、時代は大きく政治と革命と戦争のなかへと入っていきますが、いずれにしろ、度重なる恐慌と関東大震災によって「故郷喪失」した人々＝大衆が、昭和に入って、自分たちの足元が揺らぎつつあるという危機を感じはじめていたことはたしかでしょう。では、自分たちは、一体何を基準に自己を立て、他者と繋がり、そして、未来へ向けて歩みを進めればいいのか……。

近代日本が、そんなアイデンティティ・クライシスに見舞われている最中、一切の〈理念＝指導理論〉を拒もうとする一人の文芸批評家が登場してくることになります。のちに〝近代批評の祖〟と呼ばれる、小林秀雄です。

「二階」と「階下」とを結ぶ批評

小林秀雄の登場は、やはり、一つの事件だったと言っていいでしょう。新感覚派でも、プロレタリア文学でもなく、かといって、大正教養主義でも、明治の自然主義文学でもない。それでいて、小林秀雄の言葉には、読者の「人生」を強く問いただしてくるようなインパクトとリアリティがありました。仮に、その言葉が見慣れぬ分かり難いものであったとしても、小林の言葉には、「何かがある」と思わせる迫力があったのです。

結論を先に言えば、小林秀雄が読者を惹《ひ》きつけた理由は、おそらく、その言葉のなかに、あの「砧木の幹」と西洋的な教養を接ぎ木するようなニュアンスが、言い換えれば、今、ここで生きられている「内的な自己」を、どうにかして「外的な自己」に繋ぎ合わせようとする意志が感じ取られた点にこそあったのではないかと思います。具体的には次節以降に見ていきますが、ここでは、小林秀雄が置かれていた文脈を理解しておくために、小林秀雄と五歳違いの哲学者カール・レーヴィットの言葉を手掛かりに、「批評」とは何かということについて、少し考えておくことにしましょう。

カール・レーヴィットは、当時台頭してきたナチス・ドイツに追われ、一九三六（昭和十一）年に日本の東北大学に亡命してきたユダヤ人哲学者でした——彼はハイデガーの弟子でもあります——。結局、彼は大東亜戦争（太平洋戦争）が始まる直前の昭和十六年（一九四一）二月、再び亡命してニューヨークへと向かうことになりますが、その四年強の日本滞在のあいだに、彼は「ヨーロッパのニヒリズム」という一連の論文を雑誌『思想』に発表していました。が、ここで注目したいのは、そこにレーヴィットが「日本の読者に与える跋《ばつ》」という文章を付していたことです。

そのなかでレーヴィットは、彼の眼から見た日本人を次のように批評していました。

> ヨーロッパから学びヨーロッパから受けついだ進歩をヨーロッパに反抗する目的の手段として用いるのだから、日本人の西洋に対する関係はすべて自己分裂的になり、アンビヴァレントになる。西洋の文明を歎賞《たんしょう》し同時に嫌悪するのである。西洋文明は「唯物論的」だという主張をよく聞くが、そういう本人は大いに「唯心論的」のつもりである。たいていの日本人の西洋に対する関係で聞きのがすことのできない倍音は、ヨーロッパへの絶交である。その絶交は、初めヨーロッパに期待して後に裏切られるところが大きければ大きいほど激しい。（『ヨーロッパのニヒリズム』109—110頁）

かれら〔＝日本の知識人や学生〕は、他〔＝ヨーロッパ〕から自分自身へかえらない、自由でない、すなわち——ヘーゲル流にいえば——かれらは「他在において自分を失わずにいる」ことがないのである。（118頁）

「「他在において自分を失わずにいる」ことがない」というのは、要するに、近代日本人は、ヨーロッパという他者に学びながら、自分を見失っているのだということです。本来なら、いったん「他在」で学んで「自分」へと帰ってくるところで、しかし、日本人は「行ったきり」になっていると言うのです。あるいは、こうも言います。

〔かれらは〕二階建ての家に住んでいるようなもので、階下では日本的に考えたり感じたりするし、二階にはプラトンからハイデッガーに至るまでのヨーロッパの学問が紐《ひも》に通したように並べてある。そして、ヨーロッパ人の教師は、これで二階と階下を往き来する梯子はどこにあるのだろうかと、疑問に思う。（同前）

非常に喚起的な言葉ではないでしょうか。この「二階と階下」の比喩は、まさしく、芥川龍之介が「或阿呆の一生」で描いた風景――本屋の二階から見た風景――とそっくりそのまま重なっています。が、また、ここで言われている「梯子」という言葉は、そのまま、序章で指摘した「砧木の幹」と「近代」との接ぎ木の主題とも重なってくるでしょう。

　もうお分かりだと思いますが、この視点からすれば、西洋思想を大義名分とする大正教養主義も、新感覚派も、プロレタリア文学も、所詮は「二階」の思想でしかなかったということになります。もちろん、近代日本――二階建ての家――のなかで、「二階」（西洋）と無縁な「階下」（日本）などというものもあり得ません。その点、一階だけにベッタリと密着した「日本」などというものも非現実的だと言わなければならないでしょう。しかし、だとすれば、やはり重要なのは、一階と二階の関係、その両者を繋ぐ「梯子」だということになります。

　そして、まさに自らの身を以てして、その「梯子」となろうとした批評家、それが小林秀雄だったのです。のちに正宗白鳥との間でなされた「思想と実生活論争」の主題に沿って言えば、単なる「思想」によっても、単なる「生活」によっても、近代／日本を生きる私たちの分裂が克服できないのだとすれば、必要なのは、あくまで「思想」と「実生活」の関係を問う言葉であり、また、それを繋ごうとする言葉だったということになります。

実際、その両者の関係を問う言葉こそが、小林秀雄の「批評」を、それ以前の批評から区別するものでした。もちろん「批評」という言葉は小林秀雄以前から存在していましたし、また高山樗牛《ちょぎゅう》（一八七一―一九〇二）や長谷川天渓《てんけい》（一八七六―一九四〇）、島村抱月《ほうげつ》（一八七一―一九一八）や生田長江《ちょうこう》（一八八二―一九三六）、あるいは、「時代閉塞の現状」を書いた石川啄木《たくぼく》（一八八六―一九一二）など、評論を書く人間は小林以前から存在していました。しかし、もし、一階と二階の分裂＝危機（crisis）を自覚し、それゆえに、そこに「梯子」を架けようとする営みを「批評」と呼ぶのなら――つまり、危機（crisis）における判断の根拠（criterion）を問う言葉を、「批評」（critique）と呼ぶとするなら――、二階の理論を、梯子もなしに一階に下ろしてこようとするとする彼らの言葉（指導理論）は、無茶な「啓蒙家」の言葉ではあっても、やはり「批評家」のものではなかったと言うべきでしょう――石川啄木の言葉だけは、単なる指導理論とは言えませんが、しかし、彼の言う「明日の考察」が、一階と二階の「梯子」ではなく、「社会主義」を求めていたという点で、やはり判断基準への問いは希薄だったように見えます。

その意味で言うなら、小林秀雄が〝近代批評の祖〟と呼ばれるのも故《ゆえ》なしとはしません。単なる指導理論ではなく自己の直観を賭けて、文芸についての批評であると同時に文芸としての批評を目指して書かれた小林の批評文は、近代日本の一階と二階のあいだに「梯子」を架けるというその意志において、私たちの「生き方」に食い込む強度を孕むことができたのでした。要するに、それは他者批評であると同時に、自己批評でもあったのです。

2　小林秀雄の半生

一高に入学するまで

前節では、日本近代史の流れのなかに、改めて小林秀雄の批評の意味を位置づけておきました。が、いよいよ、ここからは小林秀雄その人の人生に注目する形で論を進めていきましょう。まず、見ておきたいのは、デビューするまでの小林秀雄の前半生です。

小林秀雄は、明治三十五年（一九〇二）四月十一日、東京市神田区猿楽町《さるがくちょう》に、父・豊造、母・精子の長男として生まれます。父の豊造は、東京高等工業学校（今の東京工業大学）の助教授を務めた後、ベルギーでダイヤ加工技術を学んで、日本における洋風の装身具製作の草分けとなった技術者兼経営者でした——「日本ダイヤモンド株式会社」を設立し、蓄音機用のルビー製の針を開発したりもしています――。小林秀雄の「職人気質」を指摘する論者は多いですが、それは、もしかすると父親譲りの気質だったのかもしれません。

その後、十三歳で東京府立第一中学校（現在の日比谷高校）に進学した小林は、ここでいくつかの重要な出会いを果たすことになります。一学年上に、二十四歳で夭折《ようせつ》することになる詩人・富永太郎がいましたが、のちに小林は、富永からボードレールなどのフランス象徴主義文学を教わることになります。また、富永と同じ学年に、のちに評論家となる河上徹太郎がいましたが、今度は、小林が河上に文学を教える立場になります。おそらく、小林秀雄との関係がなければ、河上徹太郎が文芸批評の筆を持つことはなかったでしょう――実際、彼が進学したのは東京帝国大学経済学部でした――。

そして、小林が十八歳から十九歳になる頃、一つの転機が訪れます。勉強にはさほど積極的な関心を示さず、学校に対しても反抗的な態度も見せていた小林は――マンドリンを練習したり、校則に反して硬式野球クラブに入ったり――、第一高等学校（現在の東京大学教養学部）の受験に失敗してしまうのです。が、決定的だったのは、翌年に一家の大黒柱である父の豊造が肺炎で急逝（四十六歳）したことでした。突如、収入の途が絶たれた小林家は、親戚から援助を受けたり、のちには白金《しろがね》の自宅を売却するなどして（大正十三年）

何とか生活費をまかないますが、それらのことを考え合わせれば、その年に改めて第一高等学校文科丙類（フランス語）に入った小林秀雄には既にモラトリアムの気分はなくなっていたでしょう。くわえて言えば、そこに母の喀血《かっけつ》と療養、また自分自身の盲腸周囲炎と神経症による休学など、この年の小林は様々な「不幸」に試されることになります。

そうして、この不運な年の翌年（大正十一年）、一高に復学した小林秀雄は、いよいよ文学への道を歩きはじめることになります。小説を書きはじめるのです。

志賀直哉との関係

そもそも、小林秀雄が、分析的で抽象的な「批評」ではなく、直観的で具体的な「小説」を書くことから文学に近づいていたことは重要です。また、最初に書いた「蛸の自殺」（大正十一年）という小説を志賀直哉に送っていることからも分かるように、小林のなかには、最初から「思索と行動との間の隙間を意識しない」（「志賀直哉」昭和四年）志賀直哉的な「自然」への憧れがあったことがうかがわれます。

志賀直哉は、白樺派を代表する作家でありながら、しかし、不思議と大正的「教養」の匂いのしない作家です。「清兵衛と瓢箪」で、世間の評価とは関係なく、ただひたすら瓢箪を磨くことに熱中する清兵衛の天然性を描き、また「城の崎にて」では、生と死を共に包摂する運命的なものの静かな受容を描いていた志賀直哉は、言ってみれば、芸術（自己）と生活（他者）の分裂を理知的に描く「逆説的風景画家」（「芥川龍之介の美神と宿命」昭和二年）としての芥川龍之介の正反対に位置づけられるような大正作家でした。

　ただし、その志賀に送った「蛸の自殺」で注目されるのは、そこに謙吉という志賀の『暗夜行路』を思わせる主人公を登場させ――『暗夜行路』の主人公の名は時任謙作です――、「父の死」の前後の心理を描くという私小説的身辺雑記の形式によって、小林が「自意識過剰」という主題を描いていたということです。〝お腹が空いたので自分の足を食べて自殺をしてしまう蛸《たこ》〟という比喩自体が、自意識過剰（自己反省の過剰）によって自分の生活を見失ってしまった知識青年の象徴だと考えられますが、それはまさに、初期小林秀雄が抱えていたアンビバレンス（両義性）を示していたように見えます。つまり、自意識過剰に悩む知識青年である自分をモチーフにしながら、一方で、そんなものは所詮「蛸の自殺」のようなものでしかないではないかという醒《さ》めた笑いの感覚――それ自体が志賀直哉的な「健康」を表していたと言えるかもしれませんが――、それが、すでに初期小林秀雄において主題化されていたのだということです。

実際、「蛸の自殺」の末尾で、「一週間位経つと、又足がニョキニョキ生えて生き返るかも知れないわ」という女の言葉を想い出しながら、謙吉は、「ニョキニョキ足を生やした蛸は又直ぐ自殺をする――幻滅と苦笑――これが自分の生活を繋ぐ鎖のような気がした」と言うことになります。要するに、芥川龍之介にも通じる「神経」の病を自分に認めながら、しかし、その自意識を志賀直哉的な「自然」によって笑って見せること。その処女作において小林は、ぼんやりとではあれ、自分の人生の方向性をすでに嗅《か》ぎ取っていたように思われます。

長谷川泰子との生活

一高時代の小林は、その後も、「一ツの脳髄」、「飴」、「ポンキンの笑い」などの短編小説を同人誌に発表していきましたが、一高を卒業して、東京帝国大学文学部フランス文学科に入学してまもなく、そんな文学的青春に終わりを告げる事件が起きます。大正十四年四月、富永太郎の紹介で、京都から上京してきた中原中也《ちゅうや》（一九〇七―三七）を知ると同時に、その中原について上京してきた長谷川泰子《やすこ》という女性と知り合うことになるのです。が、これが小林秀雄の〝地獄の季節〟の始まりでした。

中原中也は、山口県に生まれ、家業の医者を継ぐことを期待されながら、中学時代に文学に熱中してしまい三年時に落第。その後、立命館中学に編入させられるも、単身京都で暮らしはじめた中原は、高橋新吉の『ダダイスト新吉の詩』に感激して、詩人になるべくダダイスト的生活へと入っていきます。が、そんな生活のなかで中原が出会ったのが、当時大部屋女優をしていた長谷川泰子でした。

のちに小林秀雄は、この魅力と同時に嫌悪を感じる五歳年下の詩人・中原中也との出会いを振り返って、「私は中原との関係を一種の悪縁であったと思っている。大学時代、初めて中原と会った当時、私は何もかも予感していた様な気がしてならぬ」(「中原中也の思い出」昭和二十四年、『全作品 第十七集』123頁)と書いていました。が、それなら長谷川泰子との出会いは、中原以上の「悪縁」だったと言うべきかもしれません。

とはいえ、長谷川泰子との縁は、小林秀雄からの半ば強引なアプローチによって作られたものでした。伊豆大島への駆け落ちを泰子に持ちかけた小林は、品川駅で泰子と待ち合わせるものの、その時間に泰子は一時間も遅れることになります。泰子を待ちきれなかった小林は、すっかり絶望して、ひとり大島へ行ってそのまま自殺しようとまで思い詰めます。が、結局、東京に帰って来た小林は、そのまま盲腸炎を再発して神田和泉町の泉橋慈善病院に入院、そこで手術を受けて寝ていたところに、今度は、泰子からの見舞いを受けることになります。そこで再び小林は、長谷川泰子に「一緒に住もう」と語りかけ、それを泰子が受け入れることで、二人の同棲生活が始まります。

長谷川泰子は、明治三十七年（一九〇四）に広島に生まれた、小林秀雄より二歳年下の女性でした。広島女学校（現在の広島女学院中学高等学校）を出た後、二十歳のときに家出をして上京。蒲田撮影所に入ったその直後の関東大震災で京都に逃れ、そこでマキノ映画製作所の女優をやっていたところで中原中也と出会い、再び上京して小林秀雄と出会うことになります。このグレタ・ガルボ似の自意識の強い女性は、その自由奔放な性格から、当時の「新しい女」の一人だったと言ってもいいでしょう。

しかし、それは同時に、彼女が、近代的で都会的な〝根無し草〟だったことを意味しています。そして、そのことが、のちの小林秀雄に「近代的自我」の無力を嫌というほど味わわせることになるのです。泰子との同棲生活を回想したと思しき文章のなかで、小林は書いていました、「女は俺の成熟する場所だった。書物に傍点をほどこしてはこの世を理解して行こうとした俺の小癪《こしゃく》な夢を一挙に破ってくれた」（「Xへの手紙」昭和七年、『小林秀雄初期文芸論集』248頁。以下『初期文芸論集』と表記）と。

そして、その後の大学四年間、小林秀雄は家庭教師や翻訳のアルバイトで二人の生活を支えていきます。当時、小林と同じフランス文学科に在籍していた今日出海《こんひでみ》によれば、小林秀雄の「貧乏ときたら言語に絶していた」（「わが友の生涯」）と言います。

実際、アルバイトで忙しかった小林は、大学の講義にはほとんど顔を出さなかったようで、学費も払えなかったものを、当時の指導教官だったフランス文学者の辰野隆《ゆたか》（一八八八—一九六四）が、肩代わりしてくれていたという逸話も残っています（白洲明子『父　小林秀雄』）。が、なかでも印象に残るのは、今日出海が回想する次のようなエピソードでしょう。

> 辰野隆先生の講義が終ろうとするころ、入口のドアを蹴って闖入《ちんにゅう》してくる黒背広の男があった。「おい、辰野、金貸せ！」すると、親分肌の辰野先生は、「儂《わし》だって、かりそめにもお前の先生だぞ」といいながら、財布をとり出し、十円貸してやっていた。
> この男はだまって去ったが、それが小林君だった。（「わが友の生涯」『新潮』昭和五十八年五月号）

とはいえ、二人の同棲生活を〝地獄〟にしたのは、お金の問題ではありませんでした。

それは長谷川泰子の不安神経症でした。長谷川泰子との生活について、小林秀雄は「シベリア流刑」だと言っていたといいますが、ここで二人の生活の様子についての証言者を二人呼び出しておきましょう。一人は小林秀雄の親友の河上徹太郎、そして、もう一人は長谷川泰子自身です。

> 〔……〕その頃彼は大学生だったが、或る女性と同棲していた。彼女は、丁度子供が電話ごっこをして遊ぶように、自分の意識の紐の片端を小林に持たせて、それをうっかり彼が手離すと錯乱するという面倒な心理的な病気を持っていた。意識といっても、日常実に瑣細《ささい》な、例えば今自分の着物の裾が畳の何番目の目の上にあるかとか、小林が繰る雨戸の音が彼女が頭の中で勝手に数えるどの数に当るかとかいうようなことであった。その数を、彼女の突然の質問に応じて、彼は咄嗟《とっさ》に答えねばならない。それは傍で聞いていて、殆《ほとん》ど神業であった。否、神といって冒瀆《ぼうとく》なら、それは鬼気を帯びた会話であった。

この、極度に無機的な感受性の夢を食って生きる獏《ばく》のような存在であった女性に、小林は如何に貴重な精神的糧を与えられ、如何に貴重な時間と精力を徒費したか

〔……〕（河上徹太郎『私の詩と真実』講談社文芸文庫42―43頁）

小林は外出するとき、どこそこと外出先を書いておりましたが、帰って来るまでまったく不安なんです。ひとり部屋にこもって、今頃、小林が何をしているかなど想像し、それに合わせた質問をつくって、待ちました。私は彼が帰って来るなり、その質問をはじめるわけです。どこに行ったの、なにをしたの、玄関の引戸の音は数になおすといくつなの。たとえば、こうした質問にも、こうだと答えてくれるべきことばを、私は用意しておりました。だけど、私の頭のなかだけで決めた答えだから、小林はそうは答えてくれません。そうなると、私は怒りだしてしまうんです。（長谷川泰子『ゆきてかへらぬ――中原中也との愛』88頁））

こうした性格を、長谷川泰子は自分で「質問病」と名付けていましたが、まさに、そんな病的生活のなかで、二人は天沼《あまぬま》から鎌倉、逗子《ずし》、そして目黒、東中野と、次々と居を移していきます。そして、ついに小林秀雄は、「こんなになっちゃ、心中するか、でなかったら俺が逃げ出すか、そのどっちかだ」などと言うほどに追い詰められていきます。しかも、二人が東中野に移って以降は、そこへ、当時中野に住んでいた中原中也もやってくるようになり、三角関係は、より複雑な様相を呈していくことになります。

東中野に移ってからは、私たちのところへ中原もやってくるようになりました。そんなときはみんなで外出して、酒飲んだりしたもんです。私と同棲していた頃はそうでもなかったけど、中原はよく酒を飲むようになり、飲むと、とたんに人間が変ったようになって、私につっかかってきておりました。中原が私に、差し出がましいことをいうと、私もけっして負けていないでやりかえすんです。

私は精神年齢が低かったから、中原になにかいわれると、カーッとなっていました。いつかはレストランで喧嘩になっちゃって、私たちはフォークとナイフでわたり合ったんです。そこで立ち回りがはじまるんですけど、一緒に行ってる連中はそれを黙って見ているだけでした。

小林にとって、私たちのそうした喧嘩は、実に不愉快な光景に見えるんでしょう。中原と私が姦淫《かんいん》しているように見える、と小林がいったこともありました。それほど、私たちの立ち回りは馴《な》れたものがありました。（同前92—93頁）

こうした日々のなかで書かれたのが、初期小林のランボー論であり、志賀直哉論であり、芥川龍之介論であり、ボードレール論であり、また卒業論文の「Arthur Rimbaud」だったことは覚えておいてもいいでしょう。それは、決して静かな書斎や図書館でゆっくり書かれたものではなかったのです。〝地獄の季節〟のただ中で書かれた言葉だったのです。

「近代的自我」への疑い

昭和三年（一九二八）三月、東京帝国大学を卒業した小林秀雄は、その二カ月後の五月、突然長谷川泰子との同棲生活を解消することになります。それは突発的に起こった事件でしたが、そのいきさつについても、長谷川泰子は詳細に語っています。

私はその頃よく音楽会にも出かけておりました。日本青年会館であった新響の定期演奏会に行ったとき、私は山岸光吉さんという方と知り合いになりました。山岸さんは早稲田の理工科を出た若い建築技師で、その頃、中野に住んでおられました。家が近かったから、ときどき遊びにも行っておりました。

あれは昭和三年の五月二十五日でした。私は山岸さんのところに遊びに行って、夜遅く帰って来ました。遅くなったからというんで、山岸さんに家まで送って来てもらったのですが、そのとき小林は勉強してたんだと思います。私たちの立っていた道のすぐそばの窓から、小林をよびました。小林は窓ぎわにいたんです。「私送ってきてもらったから、お礼いってちょうだい」といいました。

小林は窓をガラッと開け、「どうもありがとうございました」というなり、もうピシャリとその窓を閉めてしまったんです。それで山岸さんは帰りましたが、今度は私が家のなかになかなか入って行けませんでした。かなり神経は高ぶっていました。

私はただでも、外から帰ったときは、そのホコリを紙でふきとるために大変なんです。そのうえ小林は私の思いどおりのお礼いってくれなかったから、もう自制心をなくしてワーワーになっておりました。小林は私がつぎつぎ発する質問にも、その夜はうまく答えてくれませんでした。それで私は、小林に「出ていけ」と叫んだんです。

私はまさかと思いましたが、小林はそのまま出ていってしまいました。夜中の二時頃だったでしょう。着物を着て下駄をはいておりました。その下駄の足音がだんだんと遠ざかって消えていきました。はじめのうちは、すぐ帰って来てくれるだろうと思っていました。だけど、小林はもう二度と、私のところに帰って来ませんでした。
（同前93―94頁）

小林のなかで何かが切れてしまったのでしょう。この失踪《しっそう》は徹底したもので、着流しのまま姿を消した小林は、そのまま東中野から東京駅へ、そして、そこで偶々《たまたま》会った中学の旧友に二十円借りて関西行の夜行に飛び乗り、大阪の日蓮寺に逃げ込みます。その後は、京都の親戚宅に身を寄せたり、奈良公園内にある旅館・江戸三《えどさん》の離れを借りたり、そこから志賀直哉邸に通ったりしながら、ほとんど知り合いのいない関西に、小林は十カ月以上も滞在することになります。

しかし、この長谷川泰子との付き合いが、小林にとって単なる「悪夢」に終わったということはありませんでした。おそらく、この四年間の同棲生活から、小林は、自分の人生が「自我」などという安っぽいもので支えられていないことを学んだはずです。言い換えれば、他者との関係、女との生活というものが、自分の意識だけによってコントロールできるような甘いものではないことを身体で思い知ったのでした。失踪から四年後の昭和七年（一九三二）、小林は、「Xへの手紙」という創作文を発表しますが、そのなかには、おそらく、泰子との関係から学んだものと思われる認識が、次のように記されていました。

こういう処に俺は何かしら〔女と男の〕のっぴきならない運動を認める。女の仮面や嘘は女の独創であり、言わば女の勇気だとしても、逆に男の智慧《ちえ》にとっては、女の勇気は堪えられないほどの虚飾に充ちている。こういう事情について男も女も明瞭な意識を決して持ってはいない、持ち得ない。それでいて何故に二人の邂逅《かいこう》する場所にはいつものっぴきならない確定した運動があるのか。俺にはこの言わば人と人との感受性の出会う場所が最も奇妙な場所に見える。たとえ俺にとって、この世に尊敬すべき男や女は一人もいないとしても、彼らの交渉するこの場所だけは、近づき難い威厳を備えているもののように見える。敢えて問題を男と女との関係だけに限るまい、友情とか肉親の間柄とか、凡《およ》そ心と心との間に見事な橋がかかっている時、重要なのはこの橋だけなのではないのだろうか。この橋をはずして人間の感情とは理智とはすべて架空な胸壁《きょうへき》ではないのか。人がある好きな男とか女とかを実際上持っていない時、自分はどういう人間かと考えるのは全く意味をなさない事ではないのか。

近代人の自我は解体しているという事が、単なる比喩に過ぎないとしても、凡そ自

我とは橋を支えるに足りる抵抗をもった品物では恐らくあるまい。（『初期文芸論集』250―251頁）

ここで重要なのは、小林の眼差しが特定の男や女の「自我」のあり方にではなくて、彼らの「感受性の出会う場所」へと向けられていることです。そして、その「心と心との間」に架けられた「橋」こそが、むしろ個々の「自我」を支えているのではないかという小林の認識です。しかし、それなら、その「橋」のリアリティだけが、信用に足る唯一のものではないのか……。

この長谷川泰子との試練に充ちた時間が、小林秀雄における、「自我」ではなく、他者と出会うための「橋」への眼差しを、意識的な操作ではなく、無意識への畏怖《いふ》を教え、また、その後の批評活動を導いていったことは間違いないと思われます。

「自意識過剰」を超えて――他者との出会いについて

こうして、はじめ「小説」を書いていた小林秀雄は、次第に「批評」の方へと引き寄せられていくことになります。しかし、それは決して小林秀雄が、その抽象的＝分析的能力を高めたからといった話ではありません。むしろ逆です。小林は、頭だけの自己解析、あるいは自己表現から、この「感受性の出会う場所」のリアリティをこそ拾うことに自らの仕事を見出していったのです。「Xへの手紙」を発表した翌月の昭和七年十月、たとえば「手帖I」のなかで、小林秀雄は次のように書いていました。

> 自分の本当の姿が見附《みつ》けたかったら、自分というものを一切見失うまで、自己解析をつづける事。中途で止めるなら、初めからしない方が有益である。途中で見附ける自分の姿はみんな影に過ぎない。
> 自分というものを一切見失う点、ここに確定的な線がひかれている様に思う。こちら側には何物もない、向う側には他人だけがいる。自分は定かな性格を全く持っていない。同時に、他人はめいめい確固たる性格であり、実体である様に見える。こういう奇妙な風景に接して、はじめて他人というものが自分を映してくれる唯一の歪んでいない鏡だと合点する。
> この作業は見た処信じ難い様だが、少くとも私にはほんとうの事であった。(『全作品 第四集』97—98頁)

小林にとって、もはや表現されるべき明確な「自分」などない……というより、「自分」の意識など信じるに足りないのです。「自分とは何か」と自問自答する意識は、そう自問自答している「自分」をも反省することができる。しかし、そうなれば、人は自意識の無限後退を止める術を失って、「自分というものを一切見失」ってしまうことになります。

しかし、だからこそ、むしろ重要なのは、「自分を映してくれる唯一の歪んでいない鏡」としての「他人」ではないのか。つまり、自分の自意識を超えて自分に呼びかけ、確固たる「直観」をもたらしてくれる他者ではないのか。以降、小林秀雄の思考は、この他者との出会いと、その出会いを可能にする「橋」をめぐって紡がれていくことになります。

3 いかに「意匠」から自己を守るか

批評家としてのデビュー

関西を転々としていた頃、『改造』という雑誌が懸賞評論を募集していることを知った小林秀雄は、それへの応募を決めます。その背景には、「この先、文筆で食べていく」ことへの小林の明確な意識がありました。長谷川泰子と別れた翌年の昭和四年（一九二九）三月、母と妹夫婦とが住む東京田端の家に戻ってきた小林は、その後、千葉県の大原に一カ月ほど籠《こも》って応募論文を書きあげ、それを改造社の深田《ふかだ》久弥《きゅうや》の手に渡すことになります。それが、文芸批評家・小林秀雄のデビュー作となる「様々なる意匠」でした。

『改造』編集部には応募作品数百編が集まったと言われますが、最後まで残ったのは二編でした。一つが、小林秀雄の「様々なる意匠」。そして、もう一つが、当時東京帝国大学経済学部に籍をおく二十歳の学生・宮本顕治《けんじ》（一九〇八―二〇〇七）――のちの日本共産党委員長――による「『敗北』の文学：芥川龍之介氏の文学について」でした。

編集部では、どちらを一等とするかを迷い、さんざん議論した挙句、投票で決着をつけることになったものの、蓋を開ければ三対三の同数。そこで結局、当時のプロレタリア文学の時流にも乗って分かりやすかった宮本顕治の評論が一等と決まります。

前節でも述べたように、昭和初期の時代は、小林に限らず「近代的自我をどう乗り越えるのか」という問題は広く共有されていました。宮本顕治の「『敗北』の文学」の副題――「芥川龍之介氏の文学について」――を見れば分かるように、プロレタリア文学もまた、芥川龍之介の「ぼんやりとした不安」の乗り越えを考えていたのです。「『敗北』の文学」の末尾はこう締めくくられていました、「我々は如何なる時も、芥川氏の文学を批判しきる野蛮な情熱を持たねばならない。〔……〕そしてその階級的土壌を我々は踏み越えて往かなければならない」と。

しかし、一方の小林秀雄の「様々なる意匠」は、そのような指導理論をこそ、様々なる「意匠」の一つとして批判するものでした。それが小林秀雄の難解さの由《よ》って来るところであり、また実際に「様々なる意匠」が二等になった理由でした。が、それこそが、小林秀雄の言葉を、その後も手垢《てあか》のついたイデオロギーから守り、その新鮮さと強度とを今に至るまで保持し続けてきたものであることは言っておくべきでしょう。

しかし、だとすれば、「様々なる意匠」を理解することは、その後の小林秀雄の歩み——とくに、自意識を超えるものとしての「直観」と「批評」、そして「宿命」との関係——を理解するためには必須の作業であると言えます。

「直観」と「分析」

まず「様々なる意匠」の「意匠」ですが、それは当時の知識人が語る「立場」や「主義」

のことを指しています。ということは、「様々なる意匠」という題名自体、「これから様々な立場における主義主張を見ていくことになりますが、しかし、そんな身元保証を私は信じていません……」とでもいったニュアンスが孕まれていたことになります。

　では、そんな立場や主義主張なしで、一体どうやって「批評」を成り立たせることができるのか。その問題をめぐって、まず前半部分で、小林の原理的な批評論が展開されます。そして、その後に、当時流行していた「様々なる意匠」――プロレタリア文学、象徴主義、新感覚派――についての議論が俎上《そじょう》にのせられることになります。

　ただし、今ここで、当時流行していた「意匠」に拘泥《こうでい》する必要はないと思うので、本書では、「様々なる意匠」の後半部分の解説は割愛して、その冒頭部分で展開されていた小林秀雄の批評原理の方に注目して議論を進めていきましょう。その際、注意するべきキーワードは、先にも挙げた「直観」、「批評」、「宿命」の三つです。もちろん、この三つのキーコンセプトは、有機的に絡み合いながら、その全体で小林秀雄の議論を支えていましたが、まずは、一つずつ順番に見ていくことにしましょう。

　まず、「様々なる意匠」の冒頭近く、小林は次のような「逆説」を提示します。

> 文学の世界に詩人が棲《す》み、小説家が棲んでいるように、文芸批評家というものが棲んでいる。詩人にとっては詩を創る事が希《ねが》いであり、小説家にとっては小説を創る事が希いである。では、文芸批評家にとっては文芸批評を書く事が希いであるか？恐らくこの事実は多くの逆説を孕んでいる。（『初期文芸論集』12頁）

分かりにくい文章だと思うので、一語一語立ち止まっておきましょう。

まず、「詩人にとっては詩を創ることが希いであり、小説家にとっては小説を創ることが希いである」とはどういうことか。おそらく、このとき小林秀雄が前提にしていたのは、自分の想念だけで、ゼロから詩や小説を創り出すロマン主義的な作家像です。それに対して「文芸批評家」は、自分の想念だけで、ゼロから「批評」を書くことはできるのか。もちろん、そんなことは不可能です。批評家が批評を書くには、どうしても批評する対象を必要とするのです。とすれば、「文芸批評家」が、文芸批評を書くことを――しかも、ゼロから書くことを――希うことは「逆説」を孕んだ行為ではないのか、つまり、矛盾に満ちた不可能な欲望ではないのか、小林秀雄の問いは、まずこの「逆説」からはじまります。

しかし、このことは裏を返せば、批評家は己の受動性、つまり、対象からやって来る己の「直観」からしか歩きはじめられないのだということを含意しています。つまり、「文芸批評家」とは、まず他者＝作品と出会い、そこからしか自らの言葉を紡ぐことができない存在だということです。

実際、先の引用に続けて小林は言います、「月の世界に住むことは人間の空想となる事は出来るが、人間の欲望となる事は出来ない。守銭奴は金を蓄《た》める、だから彼は金を欲しがるのである。人は可能なものしか真に望まぬものである。これがあたかも嗜好《しこう》と尺度との論理関係である」と。つまり、人は、現に見て触れられるものにしか〈嗜好＝欲望〉を見出さないのだということです。そして、それは同時に、まず対象への「嗜好」があって、その後にようやく、「尺度」が見出されるということも意味していました。小林は言います、「生き生きとした嗜好なくして、如何にして潑剌《はつらつ》たる尺度を持ち得よう」と。

たしかに「尺度」は、その客観的な外見によって、ときに私たちの不安な主観を宥《なだ》めます。が、その客観的「尺度」もまた、己の「嗜好」から呼び出されていたものではなかったか。それが忘れられた瞬間、まさに私たちは、「様々なる意匠」に、つまり、様々な立場のイデオロギー（尺度）に囚われてしまうことになるのです。

解釈学的循環——全体の直感と部分の分析

しかし、この「嗜好と尺度との論理関係」をめぐる議論は、一見すると分かりにくいものかもしれません。というのも、普通は、客観的尺度があるから分析ができるのであり、また、その分析によって対象の姿を見極めることができるから、その対象への「嗜好」を見出すこともできるのだと考える人が多いからです。しかし、それは倒錯しています。

ここで参考になるのが、ほぼ小林秀雄の同時代に活躍した、ドイツの哲学者マルティン・ハイデガーの「解釈学的循環」という考え方です——ハイデガーの主著である『存在と時間』は、「様々なる意匠」の二年前の一九二七（昭和二）年に発表されています——。字面はいかめしいですが、言っていることは極めてシンプルです。

たとえば、ここに一人のドストエフスキー研究者がいるとしましょう。彼は、ドストエフスキー全集の全てを読み込み、それを分析して理解した後に、ようやくドストエフスキーに魅《み》せられたのでしょうか。そうではないでしょう。むしろ事態は逆で、私たちはドストエフスキーが記した何気ない一節に心を奪われ、目が離せなくなり、その言葉の意味を解釈するために、ドストエフスキー全集を紐解く、つまりドストエフスキー研究の道を歩き出すのではなかったか。つまり、最初に、おぼろげながらでもドストエフスキーの全体像に対する「直観」——ハイデガーは、それを「先《せん》了解」と呼びます——があり、その後にようやく、私たちは「分析」の道を歩きはじめるのだということです。

しかし、これは何も「批評」や「研究」といった知的営みに限った話ではありません。たとえば、人が人と出会い、付き合っていく場合も同じことです。相手の全てを分析し、その性格を知り尽くしてから相手と付き合いだすなどということはあり得ない。まず、眼の前の相手に「惚れる」ことから、私たちは彼／彼女との関係を取り結ぼうとし、また、その関係を取り結ぶがゆえに、彼／彼女について知っていくことになるのです。つまり、私たちは「直観」という名の飛躍に頼ることなく、他者を知ることはないのです。

しかし、それなら、この「直観」と「分析」との論理関係は、「全体」と「部分」の論理関係として翻訳することもできるのではないでしょうか。まず、おぼろげながらでも「全体」に対する直観がある。その上で、「部分」に対する分析が遂行されます。が、その「部分」の分析をいくら積み重ねたところで、最初にあった「全体」的直観には辿り着かない。でも、だからこそ私たちは、その「全体」的直観の手触りを信じることで、再び「部分」的分析へと降りてくることになるのです。こうして「全体」と「部分」、「直観」と「分析」が循環しながら、一つの「道」を、つまりは、対象との絆を描いていくことになります。

すでにお分かりだと思いますが、それこそは小林秀雄の「批評」——他者と出会い、その出会いのなかに浮かび上がってくる「橋」を描き出すという実践でした。

批評とは、「己れの夢を懐疑的に語る」こと

しかし、この「解釈学的循環」を生きることが「批評」なのだとすれば、それは、他者なき「嗜好」からも、自己なき「尺度」からも遠い営みだということになるでしょう。なぜなら、「嗜好」と「尺度」とが循環することによってのみ、「批評」を可能にするからです。とすれば次に、その両者の「循環」を支えているものが問われることになります。そのとき見出されていたのが、「情熱の形式」という言葉でした。

> 次の事実は大変明瞭だ。いわゆる印象批評の御手本、例えばボオドレエルの文芸批評を前にして、舟が波に掬《すく》われるように、繊鋭《せんえい》な解析と潑剌たる感受性の運動に、私が浚《さら》われてしまうという事である。この時、彼の魔術に憑《つ》かれつつも、私が正しく眺めるものは、嗜好の形式でもなく尺度の形式でもなく無双の情熱の形式をとった彼の夢だ。（『初期文芸論集』13頁）

真の「批評」は、単なる「嗜好の形式」（恣意的感想）でも、単なる「尺度の形式」（客観的分析）でもない。それは「嗜好」（潑溂たる感受性）と「尺度」（繊鋭な解析）を循環させている「情熱の形式」なのだと小林は言います。では、読者が、その「情熱の形式」に浚われるとき、そこに見ているものとは何なのか。それは、その「情熱」を突き動かしているはずの彼の「夢」、つまり、その批評家の「解釈学的循環」を駆動させることになった最初の一撃、彼の「直観」ではないのか。

そして、小林秀雄における最も有名なフレーズが続きます。

> それは正《まさ》しく批評ではあるがまた彼の独白でもある。人は如何にして批評というものと自意識というものとを区別し得よう。彼の批評の魔力は、彼が批評するとは自覚する事である事を明瞭に悟った点に存する。批評の対象が己《おの》れであると他人であるとは一つの事であって二つの事でない。批評とは竟《つい》に己れの夢を懐疑的に語る事ではないのか！（『初期文芸論集』13―14頁）

もし「批評」が、己の「直観」を介した「解釈学的循環」によって支えられているのだとすれば、もはや、「己れ」と「他人」とは明確に切り分けられるものではなくなります。「他人」を批評するためには、それを直観している「己」を語らねばならず、その「己」を語るためには、その直観をもたらしている「他人」を語るしかない。かくして、「批評の対象が己れであると他人であるとは一つの事であって二つの事でない」という事態が、ここに成立することになります。

だとすれば「批評」とは、目の前の他者に惚れこんでしまった「己れの夢」（直観）を、しかし、分析的距離を介して語ること、つまり、「己れの夢を懐疑的に語る事」であると言えるでしょう。ここに、小林秀雄の「批評」の定義が成り立つことになります。

「宿命」の意味——根拠なき出会い

この「批評」の定義は、プロレタリア文学その他の「指導理論」が持て囃《はや》されていた昭和初期の状況から考えれば、異様なものだったと言っていいでしょう。

ただし、ここで注意しておきたいのは、小林秀雄の言う「直観」には、「主観」というニュアンスがなかったことです。「主観」は、その好みによって己の世界を自由に虚構します。が、「直観」は違う。むしろ、それは対象から目が離せなくなるといったかたちで、主観的虚構が不可能になるという経験なのです。そして、そんな他者との出会いのなかに到来する「直観」においてこそ、小林秀雄は己の「宿命」を感じ取ることになります。

ここで、少し分かりやすいたとえ話をしておきましょう。

たとえば、ドストエフスキーに「惚れた」人間を前に、「なぜ、ドストエフスキーに惚れたのか」と問うと、彼は主観的な答えを自由に引き出してきて言います。「世間に反発していた自分が、『罪と罰』のラスコーリニコフに似ていたからだ」とか、「『悪霊』のスタヴローギンが語るニヒリズムが、自分の気分にぴったりだったからだ」とか……。

しかし、さらに問い続けましょう、たとえば、「ラスコーリニコフや、スタヴローギンに似ている人間などほかにもたくさんいるし、ニヒリズムを描いた作家ならドストエフスキーに限らない。にもかかわらず、なぜ君はドストエフスキーに惚れたのか」と。すると彼は答えに詰まってしまうはずです。そして、主観的理由によってドストエフスキーとの出会いを語ることができなくなってしまった彼は、おそらく、次のように言うしかないことに気がつきます。「それは、私が私だからだ」と。はたして、この同語反復が強いられる場所で、「なぜ……？」の先に出てくる答えの底が抜けるのです。私が私であり、ドストエフスキーがドストエフスキーであるがゆえに両者が出会うことができたのだとすれば、その出会いに根拠はありません。そして小林は、その根拠なき出会い――つまり、主観的虚構には還元できない飛躍的な「直観」のことを指さして、「宿命」と呼ぶのです。

だから、その「直観」は、厳密には選ぶことさえできないものだというべきでしょう。たとえば、そんな選べない事実のことを、小林は次のように語っていました。

> 人は様々な可能性を抱いてこの世に生れて来る。彼は科学者にもなれたろう、軍人にもなれたろう、小説家にもなれたろう、しかし彼は彼以外のものにはなれなかった。これは驚くべき事実である。（『初期文芸論集』14頁）

科学者も、軍人も、小説家も、それぞれ主観が選ぶことのできる「意味」です。しかし、その「意味」を選ぶためには、その「意味」以前の場所に彼が彼として存在していなければならない。それが、「彼は彼以外のものにはなれなかった」という言葉の意味するところです。

そして、この「驚くべき事実」について、小林は言葉を接いでいきます。

> この事実を換言すれば、人は種々な真実を発見する事は出来るが、発見した真実をすべて所有する事は出来ない。或る人の大脳皮質には種々の真実が観念として棲息《せいそく》するであろうが、彼の全身を血球と共に循《めぐ》る真実は唯一つあるのみだという事である。雲が雨を作り雨が雲を作るように、環境は人を作り人は環境を作る、かく言わば弁証法的に統一された事実に、世のいわゆる宿命の真の意味があるとすれば、血球と共に循る一真実とはその人の宿命の異名である。或る人の真の性格といい、芸術家の独創性といいまた異なったものを指すのではないのである。この人間存在の厳然たる真実は、あらゆる最上芸術家は身をもって制作するという単純な強力な一理由によって、彼の作品に移入され、彼の作品の性格を拵《こしら》えている。（『初期文芸論集』14—15頁）

たしかに人は様々な「真実」を——たとえば自分のなかに眠る科学者や、軍人や、小説家の可能性を——発見することはできます。が、それらすべての可能性を生きることはできません。なぜなら、人が生きるとは、〈他者＝作品〉と出会うことによって自分が作り変えられ、また、その作り変えられた自分によって〈他者＝作品〉を作り変えていく＝解釈していくという循環の経験、しかも、一回的で不可逆の経験であるほかはないからです。とすれば、人の「人生」こそ、主観的意味を超えた「宿命」の異名だというべきなのかもしれません。その一回性の手触りを甦らすことのできるもの、それを小林秀雄は、芸術家の「個性」と呼ぶことになります。

主調低音とのカップリング

そろそろ、「直観」と「批評」と「宿命」との関係が見えてきたでしょうか。

かくして小林秀雄は、「様々なる意匠」第二節の末尾で、改めて「批評」を再定義することになります。ただし今度は、具体的な作品解釈の行為として。

まず、作品解釈の描写から読んでおきましょう。

> 芸術家たちのどんなに純粋な仕事でも、科学者が純粋な水と呼ぶ意味で純粋なものはない。彼らの仕事は常に、種々の色彩、種々の陰翳《いんえい》を擁して豊富である。この豊富性のために、私は、彼らの作品から思う処を抽象する事が出来る、と言う事はまた何を抽象しても何物かが残るという事だ。この豊富性の裡《うち》を彷徨《ほうこう》して、私は、その作家の

> 思想を完全に了解したと信ずる、その途端、不思議な角度から、新しい思想の断片が私を見る。見られたが最後、断片はもはや断片ではない、たちまち拡大して、今了解した私の思想を呑《の》んでしまうという事が起る。（『初期文芸論集』15頁）

ここで言われている「豊富」という言葉は、そのまま「作品の多義性」として解釈することができます。たとえば、ランボーの詩の一つにしても、それをフランス象徴主義の文脈で読むのか、D・H・ロレンスや、ラフカディオ・ハーンなど十九世紀末から二十世紀初頭にかけての反西欧主義の文脈で読むのか、あるいは、もっと単純に、長谷川泰子と小林秀雄が生きた〝地獄の季節〟の文脈で読むのか……。その文脈次第でランボーの詩一つから読み出す「意味」はいくらでも生み出せますし、また、その読解の文脈は——荒唐無稽なものも含めれば——いくらでも無限に作り出すことができるでしょう。

しかし、だからこそ、全ての文脈と、そこに現れる全ての意味を了解したと信じた瞬間、それでも「不思議な角度から」——ということは、〝思ってもみなかった文脈〟から——、新しい作品解釈の可能性が私を襲うことになるのです。その可能性を孕んだ「断片」は、自分がたいして注目してこなかった一節かもしれないし、その作家研究において発見された日記の断片かもしれない。有限性を生きる人間が、無限の情報を知ることができない以上、私たちは「読み」の不確実性を避けることはできません。そして、その不確実性そのものが、これまで積み上げてきた「私の思想」を呑んでしまうということが起こるのです。

そして、小林秀雄は続けます。

> この彷徨はあたかも解析によって己れの姿を捕えようとする彷徨に等しい。こうして私は、私の解析の眩暈《げんうん》の末（＝めまいを覚えるほど解析を繰り返した末に）、傑作の豊富性（＝作品の多義性）の底を流れる、作者の宿命の主調低音をきくのである。この時私の騒然たる夢はやみ、私の心が私の言葉を語り始める、この時私は私の批評の可能を悟るのである。（『初期文芸論集』15頁）

ここで重要なのは、「解析の眩暈の末」に——ということは、あらゆる文脈と、そこに現れてくるあらゆる意味を分析したその先で——、「傑作の豊富性の底を流れる、作者の宿命の主調低音」が聞こえてくるのだという、小林秀雄の指摘です。

つまり、小林は、ある〈視点＝文脈＝意匠〉に沿った読解を経巡《へめぐ》りながら、その果てで、様々な意味の「底」を流れる「彼は彼だ」という声を聴き取るのだと言うのです。

このことは、たとえば、「古池や蛙《かわず》飛びこむ水の音」という芭蕉の俳句を、いくら多様に解釈してみせたところで——あるいは、それを現代語訳で言い換えてみたところで——、あの五・七・五のリズムの中で感じとられた、「古池や蛙飛び込む水の音」の一回的な手触りには及ばないという事実を想い起こせば分かりやすいかもしれません。

しかし、だとすれば、そのとき私たちが読んでいるのは、作品の「意味」などではないということになるでしょう。むしろ、私たちに到来してきているのは、任意の視点や立場を超えた作者のリズムであり、また、その流れなのです。そして、その「意味」を超えたところで——ということは、私たちの「意識」を超えたところで、その流れが私たちとカップリングしたとき、そのカップリングが成り立ったという「驚くべき事実」においてこそ、小林秀雄は書きつけることになるのです、「私は私の批評の可能を悟るのである」と。

他者とのカップリングが成り立った瞬間、つまり、「作者の宿命の主調低音」を私が聞くことができた瞬間、そこでは他者に対する自らの直観のあり方（宿命）もまた明らかになっているはずです。それなら、様々な〈視点＝文脈＝意匠〉を超えて、そんな自らの宿命を素直に語るべきではないのか。小林秀雄は言います、そのカップリングが確信できたとき、

「私の騒然たる夢はやみ、私の心が私の言葉を語り始める」のだと。

以上、ここまで本論は、小林秀雄が他者と出会い、それを「直観」することから、自らの「宿命」を自覚し、そのカップリングのあり方を拾い上げる営みを「批評」として定義した経緯を見てきました。それは、自分の外に「指導理論」を見出すことをめぐって論争を繰り広げていた時代の中では、たしかに異様な言葉だったと言っていいでしょう。

とはいえ、それでもまだ「様々なる意匠」を書いた段階で、小林秀雄が自らの批評の運命を自覚しきっていたかと言うと、それは怪しい。「宿命の主調低音」を聞くといっても、それは具体的にどのような態度＝方法によって聞くべきなのか、あるいは、その飛躍的な「直観」は、一体何を信じることによって読者へと媒介されることになるのか。

いよいよ時代は、戦中に入っていくことになります。第二章以降、それらの問いに対する答えを、中期小林秀雄の足取りのなかに辿っていくことにしましょう。

第二章　自己を支えるものとは何か

1 「故郷を失う」とはどういうことか

理論で現実は捉えられるか

では、「様々なる意匠」以降の小林秀雄の批評活動を見て行きましょう。

小林はデビュー翌年の昭和五年（一九三〇）四月から、以後一年間にわたって、『文藝春秋』で「文芸時評」の連載をはじめることになります。その第一回（四月号）から第五回（八月号）にかけて発表されたのが「アシルと亀の子」のシリーズでした。

このタイトルは、古代ギリシャの哲学者ゼノンによる有名な「アキレスと亀」という「パラドックス」から採られていますが——ちなみに「アシル」は、ホメロスの『イーリアス』に登場する英雄アキレス（Achilles）のフランス語（Achille）読みです——、その題名のなかに、すでに小林の「文芸批評」に対するアイロニカルな認識が読み取れます。

「アキレスと亀」というのは、足の遅い亀に俊足のアキレスが追いつくことができないという古代ギリシャの逆説です。まず、アキレスが亀に追いつくまでの時間を分割します。その上で、亀がいた場所までアキレスを走らせる。しかし、そのアキレスが亀に追いつくまでの時間に亀は前に進んでいるはずなので、また、そこからアキレスは亀に追いつこうとする。しかし、またアキレスが追いつくまでの時間に亀は少しでも進んでいるはずなので……。もうお分かりだろうと思いますが、これは、時間を空間的に捉えようとすると――つまり、「時間」を無限分割できる「空間」的なものとして捉えようとすると――、足が速いアキレスは足の遅い亀に追いつくことができないという逆説が可能になってしまう寓話《ぐうわ》なのです――ちなみに、ゼノンのパラドクスは、後に哲学者のベルクソンが、そこから思考を開始することになる重要な逆説ですが、その点、小林秀雄に対するベルクソンの影響は初期において既に明らかでした――。

では、その最初の連載を「アシルと亀の子」と名付けることで、小林は一体何を言いたかったのか。連載第六回目に書かれた「文学は絵空ごとか」（昭和五年九月）のなかで小林は、すでに「アシルは理論であり、亀の子は現実である」と記していましたが、そこから考えれば、おそらく小林は、「理論で現実の作品を捉えることは不可能だ」と言いたかったに違いありません。それはもちろん、当時の文壇を支配していたプロレタリア文学理論に対する皮肉だったはずですが、しかし、それにはまた、そんな「理論」が行き交う文壇のなかで仕事をすることになった自分に対する皮肉も交じっていたかもしれません。

というのも、この文芸時評の連載と同時に小林が書いていたのが、「批評家失格Ⅰ」（昭和五年十一月）と「批評家失格Ⅱ」（昭和六年二月）というエッセイだったからです。それは一見散漫に見えてしまう断片集ですが、その中身はほとんど、任意の理論＝ポジショントークに汲々《きゅうきゅう》とする当時の文芸業界に対する〝厭味《いやみ》〟で埋め尽くされていました。

そして、早々に文芸時評に飽きてしまった小林秀雄は、デビューから約五年後、ついに、「文芸時評」を書き続けることの「疲労」を口にするようになります。

　文芸時評というものが近頃書き難《にく》くってたまらぬ。一と口でひらったく言えば飽きたのである。いつまで経っても文芸時評の形式に変化がない。習慣、惰性というものは恐ろしいものである。誰も改良しようとする者がない。

　僕は文芸時評家として文壇に出た。編輯者《へんしゅうしゃ》に叱られ乍《なが》ら、出来るだけ勝手気ままな形式で時評を書き、わずかに言い度《た》い事を言い得て来たが、近頃その言い度い事というものが時評の形で次第に言い難くなった事を感ずる。月々の文壇的事件をとり上げてとやかく言う事に疲労を感じて来る。いい加減やっているうちに疲労を感じて来ない様な人は、少しどうかしているのだと僕は思う。（「文芸時評に就いて」昭和十年一月、

『小林秀雄全文芸時評集 下』38頁。以下『時評集 上／下』と表記）

では、この「疲労」の核心にあったものとは、一体何だったのか。主に二つのことが考えられます。一つは、手応えある対象（作品）が見出せなかったこと。そして、もう一つは、文壇のなかに、作品を批評するための「土台」がなかったことです。

たとえば、戦後の小林は、その当時のことを振り返って次のように語っていました。

> あの当時、書こうと思っている時に、今でも覚えている考えは、文芸時評なんかが厭《いや》になったことなんですよ。批評の対象がなくなっちゃったんですよ。批評の対象がなくなると対象を眺めてものを考えるということがなくなっちゃったわけだ。対象はつまんないですよ。その時の文芸時評のいろんな傾向も対象を本当に観察してものをいってるわけじゃないんだ。これからの小説はどうあるか、どんなふうの小説が一番いいとか、社会と政治と文芸はどんなふうな関係があるか、ということばかり論ずるようになったでしょう。作品そのものの批評はあの頃なくなった。（『批評』同人との座談会「小林秀雄氏を囲む一時間」、『批評』昭和三十四年十月。『ドストエフスキイ』講談社、昭

和四十一年。編者あとがきより転載、字体とかな遣いを改めた）

　ここで小林は、はっきりと「批評の対象がなくなっちゃった」と語っています。事実、文学史を眺めれば分かることですが、昭和戦前期は、「小説の時代」ではなく「批評の時代」でした。時代を超えて残る作品が少ない代わりに、小林を含めて多くの批評家が出た時代です。しかし、そうなると、「これからの小説はどうあるか、どんなふうの小説が一番いいとか、社会と政治と文芸はどんなふうな関係があるか」といった抽象談義ばかりが流行るようになり、対象を失った批評は、ますます観念的になっていきます。

　前章で「様々なる意匠」を読んだときにも確認しましたが、小林秀雄の批評には、まず「直観される対象」がなければなりませんでした。それがないなら、亀もいないのにアキレスが走っているようなもので、物を書くことの喜びは生まれようがありません。

　しかし、その「疲労」のより深いところでは、文壇のなかに自分の「直観」を媒介する〝鑑賞の土台〟がないということも大きく影響していたように見えます。当時、小林は、「正当な鑑賞のない処に批評は成りたたぬのは論をまたないが、文芸時評という仕事では、この正当な鑑賞という土台が既に事実上全く出鱈目《でたらめ》である」（「批評について」昭和八年八月、

『時評集 上』249頁）と書いていましたが、実際、この「土台」のない場所では、何を言っても、それはほとんど独《ひと》り言《ごと》と変わらなくなってしまうでしょう。自分のリアリティを他者のリアリティに媒介することができないのであれば、そもそも物を書く必要はどこにあるのか。その孤独と不安が小林に「疲労」を感じさせていたことは想像に難くありません。

「故郷喪失」の不安

小林秀雄の「正当な鑑賞という土台」という言葉は、「他者と共有できる感受性の土台」とも言い換えられますが、まさに、その「土台」の不在に対する自覚と、それゆえの「土台」の探求、この二つの課題が、その後の小林秀雄の批評を導いていくことになります。

まず、注目したいのは「土台」の不在に対する小林の苛立《いらだ》ちと迷いです。たとえば、昭和七年（一九三二）六月に発表された「現代文学の不安」というエッセイは、その「土台」の不在にすら気づかない文芸業界の鈍感に対する批判文として読むことができます。

何一つ定かなものはない。恐らく人類史上で新事実と云う言葉が最も重要性を帯びた今日、新事実を追う私達の疲れた眼には、事物の色彩は重畳《ちょうじょう》し、輪郭は交錯し、何

> 一つ定かなものはない。わずかの暇をぬすみ、眼を閉じて静思しようとすれば、雑然たる思想の波は思索の上にどうしようもない矛盾を齎《もたら》す。矛盾を感じない知識人は馬鹿か嘘つきに限られている。
>
> 〔……〕
>
> 他人の批評文からいつも指導原理とやらいうものを漁《あさ》っては安心している世のマゾヒスト達、青年作家諸君よ、どうすればいいかなどと私に聞いても無駄である。聞くなら答える人には事をかかぬ筈《はず》だ。人間共を廿日鼠《はつかねずみ》になぞらえて、現世紀を己《おの》れの実験室と思いなし、細密な計算にいそしんでいる世の理論家達に聞き給《たま》え。（『時評集 上』211頁）

小林秀雄は、「何一つ定かなものはない」という事実に立ちどまるだけの忍耐もなく、ただ、「指導原理」さえ手に入れば何とかなると思い込んでいる「世の理論家達」に憤って見せます。が、このマゾヒズムは、決して昭和初期に限った話ではないでしょう。明治から大正、昭和から平成にかけて、私たち近代日本人は、やはり「指導原理とやらいうものを漁っては安心して」きたのです。それは、ほとんど近代日本人の宿痾《しゅくあ》でした。

では、小林秀雄において、「定かなもの」への見当はついていたのか。そうとは言い切れません。ただ、「土台」が不在であることについての徹底的な自覚において、小林秀雄は、他の「理論家達」の甘さから遠かっただけです。それを最もよく示しているのは、「現代文学の不安」の約一年後に書かれた「故郷を失った文学」（昭和八年五月）でしょう。

> 私は自分を江戸っ児《こ》だと思った事もなし、江戸趣味などというものも全く持ち合わせていないが、自分でも気のつかない処《ところ》に、やはり江戸っ児気質とでもいうようなものが宿っているのかも知れない。だが、そういう事情は私にはどうでもいい事で、嘗《かつ》てそういう事情が私を悩ましたことはない。私の心にはいつももっと奇妙な感情がつき纏《まと》っていて離れないでいる。言ってみれば東京に生れながら東京に生れたという事がどうしても合点出来ない、又言ってみれば自分には故郷というものがない、というような一種不安な感情である。（同前225頁）

つまり、現代文学の「不安」は、小林秀雄の「不安」でもあったのです。

そして、さらに小林は例を挙げます。京都からの帰途、作曲家の滝井孝作と同乗した際、窓越しにチラリと現れた風景に子どもの頃の思い出が湧きあがって「胸一杯になる」と語る滝井に対して、小林は「自分にはわからぬと強く感じた」と言うのです。

〔……〕自分には田舎がわからぬと感じたのではない、自分には第一の故郷も、第二の故郷も、いやそもそも故郷という意味がわからぬと深く感じたのだ。思い出のない処に故郷はない。確乎《かっこ》たる環境が齎《もたら》す確乎たる印象の数々が、つもりつもって作りあげた強い思い出を持った人でなければ、故郷という言葉の孕《はら》む健康な感動はわからないのであろう。そういうものは私の何処《どこ》を捜《さが》しても見つからない。〔……〕

自分の生活を省《かえり》みて、そこに何かしら具体性というものが大変欠如している事に気づく。しっかりと足を地につけた人間、社会人の面貌《めんぼう》を見つける事が容易ではない。一と口に言えば東京に生れた東京人というものを見附けるよりも、実際何処に生れたのでもない都会人という抽象人の顔の方が見附けやすい。（同前225―227頁）

明治以降の「文明開化」「殖産興業」の掛け声のなかで、猛スピードで近代化を推し進めてきた近代日本は、その結果として、自分自身の感受性の基盤、自分が拠って立つ生き方

（型）を忘れてしまいました。とすれば、小林秀雄が「故郷という意味がわからぬ」と語るとき、それはそのまま、急激な近代化に過剰に適応してきた近代知識人の孤独――つまり、近代的個人の「不安」――の姿だったと言うこともできるでしょう。小林は言います、「私の心なぞは年少の頃から、物事の限りない雑多と早すぎる変化のうちにいじめられて来たので、確乎たる事物に即して後年の強い思い出の内容をはぐくむ暇がなかったと言える」（同前226頁）と。たしかに、この「何かしら具体性というものが大変欠如している」不安は、あの芥川龍之介の「ぼんやりとした不安」を彷彿《ほうふつ》させます。が、小林秀雄は、その「不安」を「理論」でごまかす途だけは採りませんでした。

ところで、「故郷を失った文学」の末尾には、何の前触れもなく突然、次のような謎めいた言葉が出てきます。

歴史はいつも否応なく伝統を壊す様に動く。個人はつねに否応なく伝統のほんとうの発見に近づくように成熟する。（同前233頁）

たしかに時代は過去を破壊するようにして進みます。が、だからこそ私たちは、私たちの〝保護膜〟としての「伝統」を見出すのではなかったか。その後の小林秀雄の人生は、まさに、この「伝統のほんとうの発見」に向かって歩まれていきます。

リアリティを嗅ぎ分ける

小林秀雄は、自分のリアリティを他者のリアリティへと媒介する明確な「土台」がないことに苦しみながら、デビュー後の五、六年、文芸時評を書き続けることになります。が、昭和十年代に入ると、いきなり、その「土台」に対する確信を摑んだかのような言葉を書きつけはじめます。そのとき、語られだしたのが「伝統」への信頼でした。

たとえば、先に引いた「文芸時評に就いて」（昭和十年一月）のなかで、小林秀雄は、「文芸時評」を書くことの「疲労」を口にした後、次のように続けていました。

> そういう苦労（＝論者の言うことを理解するために、次から次へと生み出される新しい言葉をいちいち覚える苦労）は寧《むし》ろ高が知れた苦労であって、僕等が一番やりきれないと感ずる処は、僕等が面接する数々の命題や言葉の途轍《とてつ》もない曖昧さなのである。この途轍もない曖昧さのなかに糞《くそ》度胸をきめて身を置いているという点に、時評家の

> 職業の秘密があるので、これには学識や教養や感受性だけでは事が足りぬ何ものかがあるのだ。（『時評集下』40頁）

時代のなかで喧伝される新語を覚えることなど大した苦労ではない。小林が感じているやりきれなさは、むしろ、その新語が使い捨てられてはまた新語が生み出されてくるという現実であり、それゆえに積み重なっていかない議論であり、要するに、他者との関係の全てが見えにくくなっていく近代日本の「曖昧さ」でした。そして、小林は言います、そんな「曖昧」な状況に身を置いて言葉を繰り出す時評家に必要なのは、学識でも教養でも感受性でもなく、もっと野蛮な何か、つまり「糞度胸」なのだと。

しかし、その「糞度胸」は、単なる〝自己絶対化〟とは違います。そこには「度胸」を支えている何か、つまり、自らの「直観」をもたらしているものへの信頼が必要でした。

> 作家が文学的リアリティを実現するのに、観念の指嗾《しそう》を意識しながらも肉体の必然に頼る様に、読者は作品のリアリティの言わば濃度とも称すべきものを識別するのに、先ず自分の血肉のうちに、長い伝統によってはぐくまれた或る鋭敏な指針に頼るので

ある。この人間の内奥《ないおう》にある指針を人為的に動かす事は至難なことだ。又至難だという事は、この指針が各人のうちに別々に慄《ふる》えていながら、先ず大たい同じ目盛りを指している。指さざるを得ない証拠でもある。（同前41―42頁）

ここで見落とすべきでないのは、このとき小林が、「知識人」ではなく「読者」を一つの価値判断の基準と定めていることです。とはいえ、この「読者」は、根無し草の「大衆」（近代的個人）とは違います。「読者」は、様々な「観念の指嗾（＝人をそそのかして何かをさせること）」を意識しながらも肉体の必然に頼る」ことを知っている人々、「自分の血肉のうちに、長い伝統によってはぐくまれた或る鋭敏な指針に頼る」ことを知っている人々なのです。彼らは、その「内奥にある指針」によって、眼の前の作品のリアリティを感じ取り、その良し悪しを嗅ぎ分け、読むべき作品（糧）と、読むべきではない作品（毒）とを鋭敏に区別します。

そして、その約二年後、「文学の伝統性と近代性」（『東京朝日新聞』昭和十一年十二月二十五―二十九日に掲載）に至って、小林秀雄は決定的に飛躍することになります。もはや「故郷を失った文学」（昭和八年）を書いていた頃の「不安」は微塵《みじん》もありません。

> 成る程この問題〔＝伝統性と近代性との接続の問題〕は厄介至極だ。然《しか》し何が此の問題をそんなに厄介至極なものにしているのだろうか。伝統は何処《どこ》にあるか。僕の血のなかにある。若《も》し無ければ僕は生きていない筈だ。こんな簡単明瞭な事実はない。こんな単純な事実についていろいろな考え方があるわけはない。だから若し近代人たる僕が正直に自分を語ったら、伝統性と近代性との一致について何等《なんら》かの表象を納得する筈だ。若し納得出来ないなら、それは正直さに就いて僕は何か欠けるところがあるからに過ぎぬ、という風に問題を簡単にしてみれば議論の余地は無い。
>
> 議論の余地が無いというのは身も蓋《ふた》も無いという意味ではない。これは原理だ。原理を摑まえて、そういってしまえば身も蓋も無いという顔をする饒舌家こそその問題を徒《いたず》らに厄介至極なものにしてしまっているのではあるまいか。（『全作品 第七集』261頁）

日本に生まれ、日本の環境に育ち、日本語で生きてきた私たちが、それでも近代文学——たとえば小林秀雄は、「伝統性と近代性との見事な結婚」の象徴として森鷗外の文学を挙げていました——に感動できてしまうなら、そこには「伝統性と近代性との一致」（接ぎ木）について何らかの像（イマージュ）が得られるのではないか。むろん、自分自身の感受性が西洋と日本に分裂してしまっている場合は、その感動はあり得ないでしょう。が、そこに分裂のない心の動き、正直な感動が見出されるのなら、その統一感を手掛かりにして、「伝統性と近代性との見事な結婚」の像を描くことはできるのではないか……、それが、小林秀雄が「伝統」へ向かって行くときの「原理」でした。

ただし、ここで一点強調しておくべきことは、このとき小林が語っていた「伝統」には、〝自分の外に見出されたもの〟といったニュアンスがなかったことです。

自分の内にある「基準」

しかし、考えてみれば、そのデビュー作「様々なる意匠」において、すでに小林秀雄は、自分の外部にある〈視点＝立場＝意匠〉の全てを徹底的に批判していたのでした。

それこそ自分の「直観」を括弧に入れて、マルクス主義の指導理論＝客観的基準に寄り掛かりさえすれば、たとえ自己喪失したとしても、彼らは自分の「不安」に蓋をすることができるでしょう。しかし、それは伝統主義者にしても同じこと。「伝統」の基準を自分の

「外」に打ち立て、それに従っているだけなら、彼らは彼らの「不安」を問う必要はありません。けれども、先ほど見たように、小林秀雄の「伝統」は、むしろ自分の「不安」を問うていったその先で見出した「土台」だったのです。とすれば、それが単なる〝物差し〟であるはずがありません。

たとえば、ある伝統主義者がＡという特定の〝もの〟——天皇や靖国神社など——を伝統の物差しに決めて、「Ａを守りさえすれば、私たちの伝統＝基準は守られ、私たちの不安は拭われる」と語ったとしましょう。しかしその瞬間、次のような疑いが出てくることは避けられません。すなわち、「Ａを伝統の基準とすることの基準は何なのか」と。すると、もはや基準の基準を問う言葉は、すぐさま、基準の基準の基準を問う言葉へと受け渡されながら、その無限後退のなかに伝統の手触りを霧散させていってしまうことになります。

しかし、だからこそ小林は伝統感覚を自分の「外」に見出すことを批判する……というよりも、そもそも、自分の「外」に見出せないものを伝統感覚と呼ぶことになるのです。

たとえば、「新人Ｘへ」（『文藝春秋』昭和十年九月号）から次の文章が引用されます。

先ず《ま》独断的な自分の直観力を設定して、これだけを信用する。作品にどんな企図がかくれていようが、どんな思想が盛られていようが、それは作者がただそんな気になっているものとして一切信用しない事にする。ただ出来栄《ば》えだけを嗅《か》ぎ分ける。物質の感覚が、或《あるい》は人と人とが実際に交渉する時の感動が、どんな程度に文章になっているか、そういうところだけを嗅ぎ分ける。するとそこに、消極的なものだが文学に対する社会の洒落気《しゃれけ》の無い制約性が得られる。逆に言えば今日の作者達が、扱う材料の混乱自体に依って、どういう工合《ぐあい》に、自ら知らず傷ついているか、というグラフが得られる。得られるというのが空想的だが、民衆がこのグラフを踏み越えて文学を鑑賞しようとする事は先ず無いという事は確《たしか》だ。（『初期文芸論集』411頁）

ここで重要なのは、小林秀雄が、作者の「企図」や「思想」ではなく、「独断的な自分の直観力」から議論をはじめている点です。その上で、その「直観力」の働き方を手掛かりにして、自分の鑑賞力を制約しているものを見出し、それを「伝統」と呼びます。

社会の制約性は伝統の制約性に外《ほか》ならぬ。民衆とは伝統の権化《ごんげ》である。（「文学の伝統性と近代性」『全作品 第七集』264頁）

この「伝統」は、積極的に定義できる事前の規則――「伝統とは、こういうものだ！」という定義（指導理論）――ではありません。それは、あくまで自分のリアリティと矛盾しない消極的な制約――「民衆は、この作品を残し、私はそれを味わえる」と事後的に納得できる事実（古典の手触り）――として見出されるほかないものでした。

かくして、「社会の制約性は伝統の制約性に外ならぬ。民衆とは伝統の権化である」と書いた小林は、それに続けて、こう補足することになります。すなわち、「僕は伝統主義者でも復古主義者でもない。何に還れ、彼《か》にに還れといわれてみたところで、僕等の還るところは現在しかないからだ。そして現在に於《おい》て何に還れといわれてみた処で自分自身に還る他《ほか》はないからだ。こんなに簡単で而《しか》も動かせない事実はないのである」（同前264頁）と。

「民衆」の感覚

ただし、この「民衆」への信頼感は、もしかすると初めから小林秀雄のなかにあったものなのかもしれません。もちろん、それは昭和十年代の危機に際して――詳細は次節で述べます――、初めて、小林が表に現した感覚でもありました。が、その一方で、初めからなかったものが表に現れるということもないでしょう。

実際、デビュー作「様々なる意匠」（昭和四年）の末尾で小林は、新感覚派の正反対に「大衆文芸」を位置づけた上で次のように書いていました、「私は遠い昔から、人々が継承した、「千一夜物語」の如く夜々了《おわ》る事を知らない物語という最も素朴な文学的観念の現代における最大の支持者たる「大衆文芸」に敬礼しよう」（『初期文芸論集』30頁）と。

その後、この感覚は、あの「故郷を失った文学」（昭和八年）のなかにさえ実は生き延びていくことになります。小林は、「現代もの」の通俗小説や映画のつまらなさを語りながら、その一方で、髷物《まげもの》小説（時代小説）やチャンバラ映画などの魅力を語り、また、普段は時代劇しか見ない母が、しかし、アメリカ映画の『モロッコ』（一九三〇年製作。マレーネ・ディートリッヒ、ゲイリー・クーパー主演）に限っては感動していることへの共感を口にしていました。言ってみれば、ここでも小林は、「作品に盛られた現実的な生活感情の流れに知らず識《し》らずのうちに身を託すか託さないかという処」（「故郷を失った文学」『時評集 上』230頁）で、素直な鑑賞力を発揮している「民衆」の嗅覚――「社会の洒落気の無い制約性」――に「敬礼」しているのだということです。

そして、「文芸批評に就いて」（昭和十年）のなかで、ついに小林は、「作者の方から人々を同じ土台の上に招集してくれる」作品として谷崎潤一郎の『春琴抄《しゅんきんしょう》』（昭和八年）を発見することになります。芸術至上主義の精神性も、新感覚派の都会性も、ましてやプロレタリア文学理論の革命性も持たない『春琴抄』が、なぜ人々に親しまれ、なおかつ古典の風格を帯びているのか。小林は、そこに「作品のリアリティの濃度」を鋭敏に嗅ぎ分ける「民衆」の鑑賞力の確かさを感じ取ります。

ただし、ここでも繰り返しておけば、「民衆」とは、それが小林の「直観」――「主観」ではありません――と繋がっている限りで信頼されていたものだったことは強調しておいていいでしょう。自らの「直観」に従うところで、事後的に見出されてくる感性の軌跡、それを、のちに小林は、「伝統論」のなかにまとめていくことになります。

2　ドストエフスキー論――歴史について

ドストエフスキーへの道

前節では、「自分には故郷というものがない」と語っていた小林秀雄が、しかし次第に、自らの「直観」を媒介にして、「伝統は何処にあるか。僕の血のなかにある」と言うようになるまでの過程を見ておきました。では、この〝飛躍〟の背景には何があったのか。昭和八年（一九三三）五月の「故郷を失った文学」と、昭和十一年（一九三六）十二月の「文学の伝統性と近代性」との間には小林のどんな経験が挟まっているのか。

ここで注目されるのは、「故郷を失った文学」発表の約半年後の昭和九年（一九三四）一月に発表された「文学界の混乱」というエッセイです。まず、小林は、自らの「混乱」を自覚できない文学界の鈍感を次のように批判します。

> わが国の文学界で批評が今日の様に重要な位置を占めた事は嘗《かつ》てなかった様だ。又批評が、今日の様に混乱した事も嘗てなかったであろう。だが一方こういう事が言える、成る程鳥瞰《ちょうかん》すれば、混乱している様にみえる、が、近附いて仔細にみれば、しみったれた秩序しか見えやせぬと？　批評原理の喪失だと？　お願いだから一っぺんでもいいからほんとうに喪失して見せてくれ。
>
> 批評の混乱期に際して、批評家のうち誰が批評する困難を自覚しているか。批評界は混乱している。而《しか》も批評する事は依然として容易である。そういう珍状に僕は注意

したいのだ。批評原理の喪失などという危機は来ていやしない。様々な借りものの批評原理を持った様々な批評家が争っているだけである。争いを眺めれば結構混乱ともみえよう、無秩序ともみえよう、併《しか》し争う各人の精神に混乱があるか。無秩序があるか。（『時評集 上』280―281頁）

その外から眺めれば十分に混乱している争いも、しかし、争っている当人たちからすれば全く混乱していないという文学界の現実に、小林は、ほとほと嫌気が差しています。たしかに、「文学界の混乱」という〝現象〟は存在しています。しかし、各人が各人の「批評原理」にしがみ付いて争っている限り、それは、その「混乱」を引き受ける〝道〟にはなり得ない。それなら、まずは「批評原理の喪失」というありのままの現実からはじめるべきではないのか。その「混乱」というものの実相に徹して初めて、「混乱」からの恢復《かいふく》の道も見えてくるのではないのか……、小林は言います。

併《しか》し、この批評界の混乱の生んだ滑稽事は、若し批評家等が、この批評界の混乱を批評道の混乱という自覚にまで高めなければ、遂に単なる滑稽事として終るであろう。

> 若し批評家等がこの批評界の混乱を眺め、単に非常時の反映などと高を括っているならば、この混乱は何物も産まずに過ぎ去るであろう。
> 　僕はこの混乱の実相に徹したいと希《ねが》っている。この混乱を機縁として、わが国の文学批評史がはじめて遭遇した問題、即ち「批評は何故困難であるか」という問題、何処につれて行かれるかは知らぬが、この問題の萌芽を摑んで離すまいと思っている。
> （同前283―284頁）

　小林秀雄は、まさに「文学界の混乱」に「糞度胸」によって身を横たえ、「批評は何故困難であるか」――つまり、批評にはなぜ「土台」がないのか――といった問題を摑みたい、そして、そこから浮かび上がってくるものを見極めたいと言うのです。

　そして、その際、小林が手掛かりとしようとしたのが、ドストエフスキーでした。

> 　僕は今ドストエフスキイの全作を読みかえそうと思っている。広大な深刻な実生活を活《い》き、実生活に就いて、一言も語らなかった作家、実生活の豊富が終った処から文学の豊富が生れた作家、而《しか》も実生活の秘密が全作にみなぎっている作家、而も又娘の手

になった、妻の手になった、彼の実生活の記録さえ、嘘だ、嘘だと思わなければ読めぬ様な作家、こういう作家にこそ私小説問題の一番豊富な場所があると僕は思っている。出来る事ならその秘密にぶつかりたいと思っている。（同前291頁）

実生活の「混乱」に耐えながら、その「混乱」に飲み込まれるのではなく、むしろ、そこから「実生活」のリアリティを描き取った作家、その「混乱」から、むしろ自らの「思想」を汲み上げていった作家、小林秀雄は、今や、その作家の「秘密」を突き止めるべく、ドストエフスキーの全作品を読み返したいと言うのです。

しかし、なぜその対象がドストエフスキーでなければならなかったのか。もちろん、最終的には、小林秀雄がドストエフスキーの「宿命の主調低音」を聞いてしまったからだとしか答えようはありません。が、まずは、その入口を分析的に示しておきましょう。

その際、浮かび上がって来るのは、近代ロシアと近代日本との類似です。

キリル文字を使い、ロシア正教を国教とし、長らく農奴制（身分制）を維持してきたロシアは、西洋にあって西洋とは違う伝統を持っています。実際、それゆえにロシアは、ピョートル大帝（在位一六八二―一七二五）の欧化政策以来、自国の近代化において〝無理な改革〟を国民に強いてきました。貴族の髭を剃《そ》り落とし、ヨーロッパ風の服を着、ヨーロッパ風の人工都市ペテルブルクを建設し、自国民にフランス語を喋らせ、農奴制を改革し……、ロシアの近代化は、そのままロシアの土着文化の否定でもありました。

それがまた、ロシア人に、知識階級と民衆との分裂と混乱の意識をもたらすことになったのです。しかし、その「混乱」の姿は、また近代日本の「混乱」の姿ではなかったか（あるいは、その混乱は日本以上だったと言うべきかもしれません）。小林秀雄は、まず、その「混乱」を入口に、ドストエフスキーの「秘密」へと近づいていきます。

昭和の「混乱」

ここで、簡単に、小林秀雄がドストエフスキーに取り組みはじめるまでの日本の状況、つまり、昭和初期における文学界の「混乱」について振り返っておきましょう。

まず、昭和二年（一九二七）七月に芥川龍之介が自殺したのち、新感覚派とプロレタリア文学が台頭してきます。ただ、新感覚派は一過性の流行で終わり、その後に文学界の主導権を握ったのがプロレタリア文学でした。が、そのプロレタリア文学も芥川の死から六年後の昭和八年（一九三三）に崩壊していきます。

その背景には、特高警察によるプロレタリア文学者・小林多喜二《たきじ》（一九〇三―三三）の虐殺と、獄中から発表された共産党幹部・佐野学（一八九二―一九五三）と鍋山貞親《さだちか》（一九〇一―七九）による「転向声明」がありました。

小林多喜二の虐殺を前にして、マルクス主義者たちは動揺します。マルクス主義の「指導原理」は、個人のエゴイズム（死の恐怖）を超えることができるのか、その問題が現実の形をもって、マルクス主義者たちの目の前に立ちはだかることになります。

また、その知識人たちの動揺を加速したのが佐野・鍋山の転向声明でした。日本共産党幹部の二人が、それまで奉じていたコミンテルン指導による国際マルクス主義を否認する声明書「共同被告に告ぐる書」を獄中から発表するのです。昭和六年（一九三一）の満州事変以来、国内的危機が高まるなかで、いつまでも国際マルクス主義を奉じることに意味はあるのか、今は皇室を中心に「一国社会主義」を目指すべきときではないのか。そんな内容を持つ声明文が全国の刑務所に配布され、また新聞・雑誌でも大々的に報道されることで、共産主義者たちは総崩れになります。その後の一年の間で、マルクス主義者たちのおよそ三分の一から二分の一が転向したと言われています。

そして、さらに翌昭和九年（一九三四）一月、ロシア革命の後にフランスへ亡命したレフ・

シェストフ（一八六六―一九三八）の『悲劇の哲学』（原著は一九〇三）が、河上徹太郎と阿部六郎の共訳で出版され、ブームを引き起こすことになります。シェストフは、ドストエフスキーとニーチェの二人に、救いなき悲劇的実存を見出し、それを、ヨーロッパ近代の科学主義とヒューマニズムの偽善を暴き立てる道具立てとしました。が、そんなニヒリスティックな本が、「シェストフ的不安」という言葉と共に文壇で流行するのです。

明治の「文明開化」が信じられないことはもちろん、大正の芸術至上主義や教養主義もまた信じがたい。とはいえ、マルクス主義も崩れ去った今、私たちの前には一体どんな「理念」があるのか……。近代日本を吊り上げてきた「理念」の一切が廃墟と化した状況のなかで、これまで通りの指導原理に寄り掛かれなくなった人々は、突然、あの芥川龍之介が発したのと同じ、「不安」という二文字を口にするようになるのです。

そして、翌昭和十年（一九三五）三月、ついに「日本回帰」を唱える雑誌『日本浪曼派』が登場することになります。雑誌は、批評家の保田《やすだ》與重郎《よじゅうろう》（一九一〇―八一）を中心として、その周囲には、かつてのモダニスト・萩原朔太郎《さくたろう》（一八八六―一九四二）や、かつてのマルクス主義者・亀井勝一郎《かついちろう》（一九〇七―六六）、そして、後に無頼派と呼ばれる太宰治（一九〇九―四八）などが集まっていました。以後、「日本回帰」という合言葉が、時代の「不安」の穴を埋めていくことになります。

「ナロオド」への眼差し

このように当時の文学界は「混乱」と「不安」に充ちていました。そして、「文明開化の論理」の全てを『日本浪曼派』が否定しはじめたのと同じ昭和十年（一九三五）、その「混乱」と「不安」のなかで小林秀雄は、自ら雑誌『文學界』の編集責任者となって、「ドストエフスキイの生活」の連載（昭和十二年三月まで）をはじめることになるのです。

少し長くなりますが、まず、近代日本の現実と、ドストエフスキーが生きた近代ロシアの現実とを小林が重ねて描いている部分を、いくつか引用しておきましょう。

理想と現実との大きなひらきの為に、西欧の浪漫主義はロシヤの文学界に鮮やかな姿をとって実現されなかったのみならず、当然複雑な混乱を巻き起した。だが、当時ようやく貴族階級の手を離れて、職業化しはじめたロシヤの文学に生気を与えたものは、又この混乱に外ならなかったのである。（新潮文庫『ドストエフスキイの生活』30頁）

ドストエフスキイに限らず、当時のロシヤの作家達は決して小説らしい小説が書ける様な円熟した社会の住人ではなかった。〔……〕トルストイにしても、その全生涯を眺めれば、やはり混沌として成育を続ける世紀の児《こ》である。〔……〕ゴンクウル兄弟やドオデエやフロオベルのパリは、同じ時代でも全く別の世界であった。既にアナトオル・フランスの出現を予想出来た様な、専門化され精錬されたパリの文学的世界は、当時のロシヤの作家達には到底手の届かぬ処にあった。ロシヤに於《お》ける文学的伝統の欠如は、ドストエフスキイに、「ロシヤ語で文学を書くくらい困難な仕事はあるまい」と嘆息させたが、又この困難が、ロシヤの作家達を文学の為の文学から救っていたのである。伝統の欠如は、芸術家とか文士とかいう人間の社会的な型が容易に固定するのを許さなかった。作家等は、文学という面紗《ヴェール》の裏で安心する事が難しかった。（同前163―164頁）

彼〔＝ドストエフスキー〕は、国民とインテリゲンチャとの間の深い溝を、単に観察したり解釈したりしたのではない。又、この溝に架橋する為に実際的な政策を案出したのでもない。彼は溝の中に大胆に身を横たえ、自ら橋となる事が出来るかどうかを試したのだ。彼の理想はそうしなければ語る事が出来ない理想だった。彼には、ゴンチャロフの様に、自分の理想を愛玩《あいがん》する事は出来なかった。現実から程よく遊離した理想ほど、人間の愛玩に手軽なものはない。又そういう理想ほど、現実を覆い隠すものはない。彼はその事を実によく知っていた。（同前222頁）

　ここに書かれた「混乱」も、「文学的伝統の欠如」も、「〔国民とインテリゲンチャとの間の深い〕溝の中に大胆に身を横たえ、自ら橋となる」という言葉も、その全てが、昭和という危機の時代のなかにあって、小林自身が文壇に向けて発した言葉でした。では、この「混乱」と「伝統の欠如」と「深い溝」の中から、ドストエフスキーは何を見出していったのか。それこそが、「ナロオド（民衆）」という言葉でした。が、もちろん、それは小林の「伝統」と同じく、外的な実在と言うよりは、ドストエフスキーが内に感じていた一つの「イマージュ」だと言った方が正確でしょう。

　言い換えれば、ドストエフスキーという作家が、ロシアという大地に身を横たえたとき、そこから聞こえてくる自らの「宿命の主調低音」を枠づけているもの、あるいは、そこから湧き上がってくる「直観」の方向性を消極的にでも制約づけているもの——つまり、なぜか、Ａとはカップリングできて、Ｂとはカップリングできないといったかたちで現れる、ロシア人の欲望を枠づけている無意識の手応え——、それが「ナロオド」なのです。

だからこそ、ドストエフスキーは、その「ナロオド」が信じられなければ、自分自身がロシアの「混乱」のなかで崩壊していってしまいかねないと感じていたのです。混乱を混乱として見るためにも、私たちは、どうしても、その混乱の外を必要とします。『罪と罰』のラスコーリニコフの「混乱」を描くには、リザヴェータやソーニャの「無垢《むく》」が必要であったように、ドストエフスキーがロシアの「混乱」を描き切るには、どうしても「ナロオド」への信頼が必要だったのです。そして、その「ナロオド」自身が信じていたもの、それこそが「ロシヤのキリスト」でした。小林秀雄は、次のように書きます。

〔……〕彼は、あれほど懊悩《おうのう》したキリスト教の問題の上に、どんな純粋な神学も築き得なかったであろう。福音書のキリストの代りにロシヤのキリストが、やはり彼を招いたであろう。ロシヤのキリストはナロオドの深淵から現れ、彼の必死の弁証法を混乱させたであろう。

ドストエフスキイにとって民衆の観念は正教の観念と全く同じものであった。「ロシ

> ヤの民衆は、皆正教を奉じている。ロシヤの民衆には、これ以外の何ものも要らぬ、正教が凡《すべ》てだ」と言う彼の狭隘《きょうあい》な前提のうちに、既に「作家の日記」のなかで彼が正教の観念を正面から定義しようと焦躁《しょうそう》し、遂に定義出来なかった所以《ゆえん》のものがある。「正教が凡てだ」を提げて、彼は真直《まっす》ぐに「専制は凡てだ」に歩いた。「ロシヤのキリスト」は剣を取った。彼を駆ったものは、確かに、言わば彼自身の「魔」であったが、又それは「ロシヤ」というものでもあった。（同前225頁）

小林は、「ナロオドの深淵」から「ロシヤのキリスト」が現れ、ドストエフスキーの知性——福音書から読み取れる理知的な神学体系や教義体系——を混乱させたと言います。が、そうであればこそドストエフスキーは、「福音書のキリスト」（頭で考えられたもの）ではなく、「ロシヤのキリスト」（身体で感じられるもの）を信じたのであり、それゆえにロシア正教を、そして、その正教を守り育てたロシアの専制政治を擁護したのでした。

言ってみれば、ドストエフスキーは、この後進国ロシアと西欧文明との間に引き起こされた葛藤に充ちた「混乱」を、あくまでもロシアの側から解こうとしたのだということです。それに必要だったのは「颱風《たいふう》に必至な颱風の眼の如きもの」への信頼でした。

ドストエフスキイには、信ずるに足るクロワッセの書斎がなかった。ロシヤの混乱を首を出して眺める窓が彼にはなかった。彼が当時のインテリゲンチャに発見した病理は、即ち己《おの》れの精神の病理である事を厭《いや》でも眺めねばならない様な時と場所に彼は生きねばならなかった人である。「現代ロシヤの混乱」の鳥瞰は、そのまま彼自身の精神の鳥瞰に他《ほか》ならなかった。インテリゲンチャの不安はそのまま彼自身の懐疑であった。彼はこれを観察する地点も、これを整頓する支柱も、求めなかった。ただ自らこの嵐の中に飛込む事によって自他共に救われようとした処に、彼の思想の全骨格があるのであって、ここにことさら弁証法によって武装した手で、哲学者ドストエフスキイ、神学者ドストエフスキイを発見しようとしなければ、彼の姿は明瞭なのだ。嵐のうちに巻き込まれて生きた彼には、民衆も正教もキリストも、颱風に必至な颱風の眼の如きものに外ならなかったのである。僕の言い度《た》いのは、かかる彼の姿が「作家の日記」において最も明瞭だということだ。（同前233頁）

「クロワッセの書斎」とはフランスの作家フローベールの仕事部屋のことですが、ドストエフスキーには、そんな現実との距離を測るための贅沢な文学的隠遁は許されていませんでした。しかし、それなら、どうやってドストエフスキーは、近代ロシアの「混乱」を描くための〝距離〟を手に入れることができたのか。それは、まさに「颱風に必至な颱風の眼の如きもの」を信じることによって、つまり、「民衆」「正教」「キリスト」を信じることによってだと小林秀雄は言います。もちろん、それは「心では激しく感じられる無意識的な観念」であり、それゆえに「一度口に出したら、その思想は嘘になる」ようなものでもありました。が、それを信じることができていればこそ、人は、その「颱風」（混乱）に巻き込まれながら、なお、その「颱風」（混乱）の形を見ることができるのです。

ドストエフスキーの作品には、ラスコーリニコフ（『罪と罰』）や、スタヴローギン（『悪霊』）といった、故郷を失った自意識過剰な青年たちが多く登場します。が、もし、ドストエフスキー自身が単なる故郷喪失者だったなら、故郷喪失者の姿をあれほどまでに正確に捉えることはできなかったでしょう。ドストエフスキー自身、近代ロシアの「混乱」に巻き込まれながら、また、その故郷喪失のリアリティを身に引き受けながら、なおその「混乱」に耐えうるもの——「颱風の眼」としての「ナロオド」——を内に感じられていなければ、あれほどの造形力をその小説において発揮することはできなかったはずです。

「真理よりもキリスト」

こうして小林は、混乱を混乱として見ることを可能にする〝混乱していない眼〟を、ドストエフスキーに学んでいくことになります。そして、その「眼」によって小林は、近代日本の不安と混乱に身を横たえる「糞度胸」を自分のものとしていくのでした。

とはいえ、繰り返しになりますが、この「眼」は、ドストエフスキーの「ナロオド」への信頼がそうであったように、自らの身体的直観の手応え（強度）を通じて確かめるしかないものでした。仮に、ロシア正教とナロオドの関係が一つの教義学によって外的に定義できるようなものなら、ドストエフスキーは、決して「小説」など書かなかったでしょう。それは、ムイシュキン（『白痴』）や、アリョーシャ（『カラマーゾフの兄弟』）など、生きた人物の言葉と行為を通じて間接的に示し続けるしかないリアリティだったのです。

実際、小林秀雄のドストエフスキー論にも「終わり」はありませんでした――小林が最後に本にしたドストエフスキー関係の論考は、昭和三十九年（一九六四）に出した『「白痴」について』ですが、それは「終わり」と言うよりは、「中断」といったニュアンスの方が強いものです――。「ドストエフスキイの生活」の連載は、ひとまず昭和十二年（一九三七）

三月に終わることになりますが、その後も小林は、戦中戦後を通じてドストエフスキーの作品論を書き続けることになります。一見、戦中において日本の古典に回帰していったかに見える小林秀雄ですが、しかし、その一方で小林を支え続けていたのは、近代の「混乱」を生きたドストエフスキーへの眼差しだったことは強調しておいていいでしょう。

現に小林は、大東亜戦争（太平洋戦争）開戦直前の昭和十六年（一九四一）十月から、戦争中の翌昭和十七年九月まで連載した「カラマアゾフの兄弟」の連載第一回目の末尾を、ドストエフスキーのフォンヴィジン夫人宛の手紙で締めくくっていました。

「多くの人達が、貴方《あなた》は大変宗教心の深い方だと僕に言いました。だから申し上げるのではない、僕自身が感じ経験したから申し上げるのですが、そういう時に、人々は『ひからびた草の様に』信仰に飢えるものだ、そして遂には信仰を見附け出すものだ、と。何故《なぜ》かというと不幸のなかで真理は見え始めるものだからです。僕自身はと云えば、僕は時代の子、不信と懐疑との子だと言えます。今までそうだったし、死ぬまできっとそうでしょう。この信仰への飢えが、今までどんなに僕を苦しめて来たか、今も苦しめているか。飢えが心中で強くなればなるほど、いよいよ反証の方を摑む事になる。併《しか》し、神様は、時折僕が全く安らかでいられる様な時を授けて下さいます。そういう時には、僕は人々を愛しもするし、人々から愛されもする、そういう時僕は信仰箇条を得ます、すると凡《すべ》てのものが、僕には明白で、神聖なものとなります。信仰箇条と言うのは、非常に簡単なものなのです。つまり、次の様に信ずる事なのです、キリストよりも美しいもの、深いもの、愛すべきもの、キリストより道理に適《かな》った、勇敢な、完全なものは世の中にはない、と。実際、僕は妬《ねた》ましい程の愛情で独語するのです、そんなものが他《ほか》にある筈がないのだ、と。それればかりではない、たとえ誰かがキリストは真理の埒外《らちがい》にいるという事を僕に証明したとしても、又、事実、真理はキリストの裡《うち》にはないとしても、僕は真理とともにあるより、寧《むし》ろキリストと一緒にいたいのです」（同前291―292頁）

この手紙が宛てられたフォンヴィジン夫人は、デカブリスト（ロシア帝政に蜂起した革命家たち）の一員としてシベリア流刑となった夫に付き従って二十五年間シベリアで過ごし、ペトラシェフスキー事件（革命サークルの秘密計画の露見事件）に連座して、同じくシベリア流刑になったドストエフスキーに福音書を送ったという女性でしたが、ドストエフスキーは、まさに、ソーニャ（『罪と罰』）を想わせるそんな人物（民衆）に、「真理はキリストの裡にはないとしても、僕は真理とともにあるより、寧ろキリストと一緒にいたいのです」と書いていたのです。とすれば、ここで語られている「キリスト」は、自分の外に客観的に見出せるキリストではあり得ません。むしろ、それはドストエフスキーがドストエフスキーであるためにはどうしても必要な他者、混乱する世界のなか、それを基準にようやく自分を支えることのできる他者だったというべきでしょう。

しかし、それなら、小林秀雄も同じことが言えたはずです。すなわち「真理は、日本の民衆の裡にはないとしても、僕は真理とともにあるより、寧ろ日本の民衆と一緒にいたいのです」と。それが、ドストエフスキーから学んだ小林秀雄の信念でした。

3　戦争と伝統——「文学と自分」

「日本主義」の時代

故郷喪失の「不安」と、近代日本の「混乱」のなかで、「ドストエフスキイの生活」の連載（昭和十年〔一九三五〕一月―十二年三月）へと向かった小林は、そこでドストエフスキーの「民衆」「正教」「キリスト」に対する信仰を見出し、以降、そこで摑んだ確信を近代日本を生きる自分自身の現実へと重ね合わせていくことになります。そして、それが、やがて小林秀雄独自の「伝統論」を形作っていくことになるのです。

ただし、ここで注意しておきたいのは、このとき小林が語り出した「伝統」と、時代のなかで人々が語りはじめていた「伝統主義」との微妙なニュアンスの差です。

前節でも見たように、昭和初年代の「混乱」は、そのまま近代日本の知識階級の自己喪失の歴史でもありました。「文明開化の論理」（保田與重郎）を失い、「大正教養主義」を失い、「マルクス主義」を失い、ついに、信ずるに足る一切の〝理念〟を失ってしまった近代日本人は、その空虚のなかで、ほとんど衝動的に「日本」について語り出すことになります。たとえば、かつて、芥川と親しかった詩人の萩原朔太郎は書いていました、「現実は虚無である。今の日本には何物もない。一切の文化は喪失されてる。だが僕等の知性人は、かかる虚妄の中に抗争しながら、未来の建設に向って這《は》いあがってくる。〔……〕日本的なものへの回帰！　それは僕等の詩人にとって、よるべなき魂の悲しい漂泊者の歌を意味するのだ」（「日本への回帰――我が独り歌へるうた」昭和十二年十二月）と。

もちろん、それは満州事変以降の日本の〝右傾化〟とも軌を一にした現象でした。

プロレタリア文学運動が崩壊する前年の昭和七年（一九三二）二・三月、井上日召《にっしょう》を中心とする血盟団《けつめいだん》によって、井上準之助前蔵相及び三井合名会社理事長の団琢磨《だんたくま》が暗殺されるという事件が起きます。また同年五月には、その第二陣として、海軍急進派青年将校を中心とした五・一五事件が起きます。また、そんな「昭和維新」への衝動は、そのまま昭和十一年（一九三六）の二・二六事件にまで繋がっていくことになりますが、要するに、それら右翼的国家改造運動は、西洋の近代物質文明＝資本主義文明によってボロボロになってしまった「日本」の回復運動、すでに失くしてしまったものの奪還に向けた、一種の痙攣《けいれん》的な「日本」復帰運動だったと考えていいでしょう。つまり、彼らの運動は、〝すでになく、未だないもの〟の復古に向けられた一種のロマン主義運動だったのだということです。

しかし、それならここで想い出すべきなのは、小林秀雄の語っていた「民衆」や「伝統」という言葉には〝回復すべき日本〟といったニュアンスがなかったという点です。〝つねに、すでに自分の内に感じとられているもの〟……それが小林の言う「伝統」なら、それは、「日本主義」の言う復古とは異質のものだったと言うべきでしょう。

さらに、だとすれば小林の「伝統論」は、意匠としての日本主義イデオロギー――とくに、その公式版としての「東亜協同体論」――に抵抗する意味合いさえ含んでいたと言うべきです。小林は言います、「作家が日本主義とか愛国主義とかいう看板に頼って何が出来るものでもあるまい。嘗《かつ》ての国民文学の傑作が、国家主義などというものに頼って成功した例《ため》しもないのである」（「「日本的なもの」の問題Ⅱ」昭和十二年四月、『全作品 第九集』122頁）、「僕はどの東亜協同体論にも、思想家が自ら考え出した力というものを認めない。〔……〕今日の東亜協同体論というものが、どれも申し合わせた様に、書物から学んだ知識で、歴史の合理化、つまり話の辻褄《つじつま》を合わせる仕事をやっている」（「学者と官僚」昭和十四年十一月、『全作品 第十二集』256頁）にすぎないではないかと。

しかし、時代は、そのような微細な差異を押し流して進んでいきました。

日中戦争（昭和十二年七月―）の泥沼化と共に、昭和十三年（一九三八）四月には国家総動員法が公布され、同年十一月には近衛文麿《ふみまろ》首相の「東亜新秩序建設」の声明が発表されます。そして、翌昭和十四年（一九三九）には、国民徴用令（七月）や、価格等統制令（十月）の公布により、国民生活は政府の統制下に置かれることになり、日本主義も、伝統主義も、東亜協同体論も、どれも同じ政治的顔つきを見せはじめることになります。

そして、そんな昭和十四年五月、小林秀雄は「歴史について」というエッセイを発表し、さらに、それを「序文」として『ドストエフスキイの生活』を創元社から刊行していました。そこには、危機の時代をドストエフスキーと共に歩くことによって確信された小林秀雄の歴史観、そして伝統観が、凝縮した形で語られていました。

史料が人間を作り、人間が史料を作る

それでは「歴史について」には、どのような認識が書かれていたのでしょうか。

まず、小林が目を向けるのは、「史料」と「人間」との交わり方です。

> 自然は疑いもなく僕等の外部に在る。少《すくな》くとも、自然とは、これを一対象として僕等の精神から切離さなければ考えられないある物だ。だが、歴史が僕等の外部に在るという事が言えるだろうか。僕等は史料のない処に歴史を認め得ない。そして史料とは、その在るが儘《まま》の姿では、悉《ことごと》く物質である。それは人間によって蒙《こうむ》った自然の傷に過ぎず、傷たる限り、自然とは、別様の運命を辿り得ない。自然は傷を癒そうとするのに人間の手を借りやしない。（『全作品 第十一集』111頁）

ここで小林が言っているのは、もし、人間がいなかったら「史料」などというものは存在しなかったろうし、それは、いつまでも自然の破片として「僕等の外部」に留まり続けたであろうということです。逆に言えば、そこから「歴史」を読み出そうとする「史料」とは、つねに、すでに人間化されているものだということです。

> 其処《そこ》に自然ではなく歴史を読むのは、無論僕等の能力如何《いかん》にだけ関係する。そしてこの能力は、史料という言葉を発明した能力と同一である他《ほか》はあるまい。この能力には史料を自然の破片として感ずる事が出来ないのである。それなら、史料を自然の破片と観ずるもう一つの能力に対する或る能力があるわけで、古寺の瓦《かわら》を手にする人間は、その重さを積《つも》る一方、そこに人間の姿を想い描く二重人なのである。（同前112頁）

単なる一つの「自然の破片」から、その物理的な重さを感じつつ、そこに人間の姿を思い描くこと、小林秀雄は、まず、そのようなありふれた二重性のなかに「歴史」の本質を読み取ろうとします。つまり、一つの「瓦」を単なる粘土の焼き物として見るのではなく、そこに付着している記憶——粘土を作り、それを焼き、建築物の一部とした人々の思い——

を拾い上げ、その一つ一つに文脈を与えていくこと、それを「歴史」だと言うのです。

しかし、それなら、「史料」から「歴史」を読み出す以前に、私たちは、目の前にある「史料」から呼びかけられていなければならないということにもなるでしょう。言い換えれば、目の前にあるモノを、単なる「自然の破片」として見るか、「史料」として見るかは、まさに、その〝呼びかけ〟の有無によって決まっているのだということです。

ここにまた、第一章で紹介した「解釈学的循環」（ハイデガー）の問題が顔を出していることが分かるでしょう。目の前のものを解釈するには、それ以前に、飛躍的な「直観」（先了解）――それが「史料」として見えてしまっているという文脈的な流れ――が、どうしても必要なのです。それなら、「様々なる意匠」の言葉をもじって、次のように「歴史」を定義してもいいかもしれません、すなわち、「史料は人を作り人は史料を作る、かく言わば弁証法的に統一された事実に、世のいわゆる歴史の真の意味がある」のだと。

したがって、小林秀雄においては、その「史料」からの呼びかけ（直観）が強ければ強いほどに、「歴史」はよりよく思い出されるのだということになります。ここに、あの有名な、子を失くした母親の「掛《かけ》替《が》えのない悲しみ」のたとえ話が登場します。

子供を失った母親に、世の中には同じ様な母親が数限りなくいたと語ってみても無駄だろう。類例の増加は、寧《むし》ろ一事件の比類の無さをいよいよ確かめさせるに過ぎまい。掛替えのない一事件が、母親の掛替えのない悲しみに釣合っている。彼女の眼が曇っているのだろうか。それなら覚めた眼は何を眺めるか。（同前114―115頁）

母親に「直観」の強さ――愛児の遺品からの呼びかけの強さ――を保証しているものは、その子の命を失くした事に対する、母親の「掛替えのない悲しみ」にほかなりません。しかし、それなら、私たち自身の、その時その時の「比類の無さ」を惜しもうとする心の働きのなかにこそ、真に「歴史」が甦ってくる瞬間の秘密が潜んでいることになります。

小林は、続けて次のように言います。

子供が死んだという歴史上の一事件の掛替えの無さを、母親に保証するものは、彼女の悲しみの他《ほか》はあるまい。どの様な場合でも、人間の理智は、物事の掛替えの無さというものに就いては、為す処を知らないからである。悲しみが深まれば深まるほど、子供の顔は明らかに見えて来る、恐らく生きていた時よりも明らかに。愛児のささや

> かな遺品を前にして、母親の心に、この時何事が起るかを仔細に考えれば、そういう日常の経験の裡《うち》に、歴史に関する僕等の根本の智慧《ちえ》を読み取るだろう。それは歴史事実に関する根本の認識というよりも寧ろ根本の技術だ。其処《そこ》で、僕等は与えられた歴史事実を見ているのではなく、与えられた史料をきっかけとして、歴史事実を創っているのだから。この様な智慧にとって、歴史事実とは客観的なものでもなければ、主観的なものでもない。この様な智慧は、認識論的には曖昧だが、行為として、僕等が生きているのと同様に確実である。（同前115―116頁）

　愛児の遺品を前に、必死にその子の顔を想い出そうとしている母親の想念を、単なる主観性として、つまり、恣意的な空想として扱うことはできません。しかし、同時に、その母親の心のなかに浮かび上がっている子供の顔を、誰が見ても同じ客観的なものだと言うこともできないでしょう。しかし、それこそ歴史のイマージュ、つまり、私たちが日々の生活のなかで磨いてきた、過去を作り上げていくための「根本の智慧《ちえ》」なのです。

　そして、小林は、自らの評伝「ドストエフスキイの生活」を支える心構えについて、次のように述べていました。すなわち、「立還《たちかえ》るところは、やはり、ささやかな遺品と深い悲しみとさえあれば、死児の顔を描くに事を欠かぬあの母親の技術より他にはない。彼女は其処で、伝記作者に必要な根本の技術の最小限を使用している」(同前121頁)と。

伝統と習慣

小林秀雄は、「歴史について」を『ドストエフスキイの生活』に序文として付したあと、その議論を引き継ぐように、歴史の知恵と技術を自らの「伝統論」へと接ぎ木していきます。それが、昭和十六年(一九四一)六月、大東亜戦争開戦間際に発表されたエッセイ、「伝統」でした。

そのなかで小林は、改めて、二つの概念を整理します。それが、「習慣」と「伝統」の違いについての議論でした。

> 僕等が意識しないでも、過去からの連続した流れのうちに身を浸している、そういう流れは、伝統の流れというより寧ろ習慣の流れであると僕は考えたい。伝統と習慣とはよく似ております。併し、この二つは異《ことな》るのである。僕等が自覚せず、無意識なところで、習慣の力は最大なのでありますが、伝統は、努力と自覚とに待たねば決して

復活するものではないのであります。僕等は習慣を見失うという様な事はないが、伝統は怠惰な眼を掠《かす》めて逃げるものだ。（『全作品 第十四集』28頁）

この文章には、惰性《だせい》化した「習慣」を絶対化して、ひたすらに「新しいものを嫌厭《けんえん》する頑固な所謂《いわゆる》伝統主義者」への皮肉や、あるいは、古いものとみれば我慢がならず、すぐに「伝統」破壊へと向かっていく「軽薄な所謂進歩主義者」（以上、同前28―29頁）への批判が込められています。

では、「習慣」と「伝統」との決定的な違いとはどこにあるのか。

このことを原理的に考えようとしたとき、一つ参考になるのが、小林秀雄の同時代人である哲学者ウィトゲンシュタイン（一八八九―一九五一）による、「規則」（習慣）と、「生活形式」（伝統）との違いの議論です。ここでは、スムーズに議論を進めるために、『哲学探究』の「数列」の議論を、より分かりやすい形にアレンジして示しておきます。

たとえば、「1・2・3・4・5……」という数列を見て、次に来る数字を問われたとき、私たちは自動的＝習慣的に、そこに「＋1」の規則を見出して、「6・7・8・9・10……」と答えたくなります。しかし、本当にそうなのか。なぜなら、「1・2・3・4・

5……」という数列を見ただけでは、その後が、「1・2・3・4・5・1・2・3・4・5・1・2・3・4・5……」と続いている可能性（反復の数列である可能性）が排除できないからです。つまり、この「数列」の議論でウィトゲンシュタインが示しているのは、有限の文字列（情報）からは——そして、この世にある情報は全て有限です——、無限に反復可能な「規則」は、自動的には導き出せないのだという事実です。

しかし、では、ここで私たちは、「1・2・3・4・5……」の後に続く数列を決定できない不安に怯《おび》え、「なんでもあり」の相対主義に陥ってしまうのか。

そうではないでしょう。むしろ、そのように後が見えない危機的状況においてこそ、私たちは、目の前に置かれた一つの図＝「1・2・3・4・5……」が、どのような地＝文脈のなかに置かれているのかを五感を使って味わおうとするのではなかったでしょうか。それが、日常的な行為のなかで口にされた数字なのか、あるいは、数学のテストで見た数字なのか、それとも、今、議論しているような哲学的な問いのなかで用いられた数字なのか……、その「図」が置かれた、時と処と立場の組み合わせ＝文脈のあり方を感じ取り、その流れに沿って、わたしたちは、改めて「1・2・3・4・5……」に続く数字を見出そうとするのではなかったでしょうか。

もちろん、そこには「飛躍」が伴います。しかし、だからこそ、その「飛躍」において、私たちは、私たちを支えている「生活形式」を改めて自覚し直し、その「言語ゲーム」のことを、「習慣」とは違う「伝統」として見出すのではなかったでしょうか。

しかも、この「伝統」の自覚は、作品解釈をする批評家や、史料解釈をする歴史家にとって決定的に重要なファクターとなるはずです。ある作品が零《ゼロ》式戦闘機を描いているから「右翼的」で、ある作品が原爆の悲劇を描いているから「平和主義的」だというのは、単なる習慣化した読みでしかありません。むしろ、そこで重要なのは、惰性化した「習慣」（規則）から抜け出て、改めて、自らの「生活形式」のあり方を内に感じながら、目の前にある作品や史料の手触りを確かめることではないでしょうか。「習慣」化されたコードではなく、目の前の作品や史料が示している一つの「調和」に立ちどまり、そこから聞こえてくる「直観」を丁寧に拾い上げていくこと、その「努力と自覚」のないところに「伝統」は甦りません。

この「伝統」というエッセイが書かれた昭和十六年六月、実は小林は、『朝日新聞』にも、「伝統について」という短いエッセイを寄稿していました。こちらの方が短い分、小林の伝統観は見やすいかもしれません。

> 習慣はわざわざ見付け出して、信ずるという様な必要は少しもないものだが、伝統は、見付け出して信じてはじめて現れるものだ。
> 従って、そういう事に努力しない人にとっては、伝統という様なものは全く無いのである。
> 習慣も伝統も断絶する事のない流れであり、両者が自ら見事に調和して、人々が伝統の回復なぞ叫ぶ必要のない健全な時代、そんな事を考えてみても安易な空想に過ぎない。
> 伝統は、これを日に新たに救い出さなければ、ないものなのである。それは努力を要する仕事なのであり、従って危険や失敗を常に伴った。これからも常にそうだろう。少くとも、伝統を、そういうものとして考えている人が、伝統について、本当に考えている人なのである（『全作品 第十四集』38―39頁）

まさしく、「1・2・3・4・5……」の後に続く数列が見えないとき、人が自覚しようとするもの、それこそが「伝統」なのです。それゆえに、それは「日に新たに救い出さなければ、ないもの」なのです。そして、そのとき必要なのは、「眼の前にある作品に、素直に驚き率直に打たれるという、僕等の素朴な鑑賞」（「伝統」『全作品 第十四集』30頁）以外のなにものでもありません。

それは、愛児の遺品から呼びかけられていた母親が、その遺品に立ち還りながら、自分と子どもとの関係を想い出そうとする行為と何の違いもありません。

小林秀雄にとって「自由」とは何か

しかし、だとすれば、ここで見えてくるのは、その「伝統」（生活形式）と「自由」との関係ではないでしょうか。現代人は、「伝統とは、自由を抑圧するものだ」と思い込みがちですが、それは、むしろ逆です。「伝統」の文脈を自覚しているからこそ、人は「自由」に直観することができるのです。「水を得た魚」とはよく言いますが、まさしく「魚」は「水」という文脈とカップリングしてこそ、自らの生命力を最大限に発揮することができるのです。

たとえば、そのような「自由」を考えるとき、昭和十五年（一九四〇）十一月に発表された小林の講演録「文学と自分」は、一つのヒントになるでしょう。この原稿は、「文芸銃後運動」の朝鮮・満州班に参加した小林が、釜山、大邱、京城、平壌、新京、奉天、大連、ハルビンなど各地で行った講演が元になっていますが、その分、ほかのエッセイと比べても、その緊張感の違いが伝わってきます。いよいよ日中戦争が泥沼化し、その戦争の中で生きる読者に向けて、小林は、文学者である自分自身の「覚悟」について語っていました。

自然が僕を取巻いているのです。又、僕の肉体という自然が、水も洩《もら》さぬ様に僕を取巻いているのです。この堅固な客観の世界は僕が望んだから在るものではないのだ、まして僕の望み通りにどうでもなる様な世界ではないのである。僕の望み通りに一番なる様に見える言葉というものさえ、もうくどくお話しした通り第二の自然である。人情という言葉の美しさを僕が発明したわけではなし、その美しさを醜くする術《すべ》を僕が持っているわけでもない。鑿《のみ》を振わねば、大理石の一《ひ》とかけらも飛び散りはしない様に、言葉は考えに応じてどうにでも動く符牒ではない。これが文学者が実際に置かれている仕事場なのであります。この仕事場の事をよくお考え下されば、文学者の覚悟とは、自分を支えているものは、まさしく自然であり、或《あるい》は歴史とか伝統とか呼ぶ第二の自然であって、自然を宰領するとみえるどの様な観念でも思想でもないという

> 徹底した自覚に他ならぬ事がお解りだろうと思う。これは一方から言えば自然や歴史を心を虚《むな》しくして受容する覚悟とも言えるのである。前に芸術家は、作品の裡《うち》に己れを見付け出すと申しましたが、作品とは自然の模倣を断じて出る事は出来ないのであって、作品とは芸術家が心を虚しくして自然を受け納《い》れるその受け納れ方の極印《こくいん》であると言う事が出来る。（『全作品　第十三集』153—154頁）

ここで語られている「自然や歴史を心を虚しくして受容する覚悟」とは、まさしく、与えられた自然、与えられた史料からの呼びかけ（直観）に素直に従う覚悟のことだと言っていいでしょう。たとえば、その具体例を小林は、文学者、あるいは芸術家における、「心を虚しくして自然を受け納《い》れるその受け納れ方の極印」（作品）のなかに見出します。では、そのとき「人間の自由」とは何なのか。「自然や歴史を心を虚しくして受容する」ところに、「人間の自由」などというものが生まれる余地はあるのでしょうか。

そのとき小林は、ある強いられた状況を受け入れる「精神」のあり方として、吉田松陰《しょういん》（一八三〇—五九）の「自由」について語っていました。そして、次のように講演を締めくくることになります。

〔……〕松陰が伝馬町《てんまちょう》の獄で刑を待っている時、「留魂録《りゅうこんろく》」という遺書を書いた事は皆さんも御承知でしょうが、そのなかに辞世の歌が六つありますが、その一つ、

呼《よび》だしの声まつ外《ほか》に今の世に待つべき事の無かりけるかな

「呼だしの」とは無論首斬りの呼だしであります。長い間御清聴を煩《わずら》わして有難う存じました。（同前156頁）

ここで小林は、一体何を伝えたかったのでしょうか。なるほど死刑執行を待つだけの人間に、「自由」があるとは思えません。が、だからといって、ここで足掻《あが》いてどうにかなるわけでもない。というより、ここで足掻けば足掻くほど「精神」は落ち着きを失くし、焦燥し、不安に陥り、疲弊するだけでしょう。それなら、与えられた自らの運命に素直に従い、その「自然を受け納れるその受け納れ方の極印」を味わうべきではないのか。そのとき、ようやく心は静かになり、その落ち着きのなかに余裕が生まれ、人は人の運命を眺める「自由」を手にするのです。それが、吉田松陰の辞世の歌、「呼だしの声まつ外に今の世に待つべき事の無かりけるかな」の姿ではないか、と小林は言っているように思えます。

ここには、近代的な自由とは正反対の自由観が述べられています。近代は「選択の自由」が増えることを人間の自由だと見做してきました。が、それは、むしろ私たちの心に、焦燥と不安をもたらしただけではなかったか。こっちよりもあっちの方が、あっちよりもそっちの方が……という形で、私たちは常に落ち着きなく、次から次に「選択」を渡り歩き、そのことによって自分の自由な直観力（充実感）をすりきれさせてきたのです。

しかし、一度立ちどまって考えてみれば分かることですが、私たちが本当に「自由」を感じている瞬間というのは、むしろ必然的な流れ（運命）に沿っているときです。たとえば、心から音楽を味わっているとき、私たちは、いちいちこの音は違うだとか、あの音の方が正確だと考えて音楽を聴いているでしょうか。そうではないでしょう。むしろ、その音楽のなかに揺蕩《たゆた》いながら、その旋律とリズムに身を従わせているはずです。そして、その時にこそ、私たちは音楽のなかにいて、その音楽を味わい、そのリズムと同化し、もっとも「自由」でいられる――つまり〝自らに由《よ》った〟存在でいられるのです。

この〈他者‐作品〉とのカップリングによる「直観」という主題は、すでに「様々なる意匠」において提出されていましたが、ここにきて、その「直観」の議論は、まさに自らに与えられた「自然」とのカップリングにおいて、人間の、そして日本人の「自由」を見出す道として捉え直されていました。

ジャーナリズムからの隠遁

「文学と自分」を発表した翌年の昭和十六年（一九四一）三月四日、小林秀雄は『朝日新聞』に「歩け、歩け」というエッセイを寄稿していました。これは、当時、国民の体力増進を目的とした「歩け歩け運動」に合わせて作られた「歩くうた」（作詞・高村光太郎／作曲・飯田信夫）への短い批評文ですが、そこには、当時の情勢に対する〝もう附き合い切れぬ〟といった、小林秀雄の絶望ともつかぬ悲嘆の声が読み取れます。

> 僕は、歌を聞きながら、いろいろな解釈を思いついたのではない、ただなんというイヤな歌だろうとゾッとした。〔……〕
>
> ある著名な詩人と、ある著名な作曲家が、一国民歌謡の創作で失敗したというようなことは何んでもない。（これは大成功だったという説すらあるくらいである。）だが、こんなヘンテコな歌が、生れでてくる現代日本のヘンテコな文明の得体の知れぬ病気状態が僕にはもうかなわぬ。（同前242―243頁）

戦時下にあって小林秀雄は、覚悟して死んでいく「国民」、つまり「民衆」に対する敬意を失ったことはありませんでした。が、その一方で、文化や芸術を国民運動（スローガン）へと結び付け、それを政治化しようとするインテリ指導層に対するやりきれなさは常に感じていました。このエッセイでは、そんな「現代日本のヘンテコな文明の得体の知れぬ病気状態」に対する諦めともつかぬ愚痴のようなものが、ふっと表に現れています。

以後、小林秀雄は、時評の類の文章をほとんど書かなくなっていきます。それは、大東亜戦争が始まって以降の昭和十七年（一九四二）頃からはっきりしてくる傾向でしたが、要するに、日本が戦争に入ると同時に小林はジャーナリズムから隠遁し、一人、古典を前に、日本人の「伝統」を救い出すという孤独な仕事へと向かって行ったのだということです。ここに、昭和十七年から昭和十八年（一九四八）にかけて書かれた小林の古典論を挙げておきましょう。

「当麻」　昭和十七年四月
「無常という事」　昭和十七年六月
「平家物語」　昭和十七年七月

「徒然草」　昭和十七年八月

「西行」　昭和十七年十一月―十二月

「実朝」　昭和十八年二月―六月

徒然草（吉田兼好）から西行、そして源実朝という流れのなかに、乱世のなかで自分の「孤独」を守った文学者たちへの小林自身の共感と自己仮託とが読み取れます。が、それ以降、昭和十八年の終わりから翌昭和十九年（一九四四）にかけて、小林は、もう、ものを書くこと自体をやめてしまうことになります。

そして、昭和十九年四月には雑誌『文學界』も廃刊となり、執筆活動から完全に隠遁した小林は、言葉なき骨董の世界に身を浸していきます。物言わぬ骨董に触れ、そこから聞こえる「直観」に従って、ものの真贋《しんがん》を判断する……そのような骨董世界に、小林は自らの孤独を慰める場所を見出すと同時に、「伝統主義」と「日本主義」のスローガンで埋めつくされた世間に対する、小林個人の小さな抵抗を守っていたように見えます。

当時の、古典や骨董に向かって行った小林の心情を見ておくために、ここでは「無常という事」（昭和十七年六月）から、少しだけ言葉を拾っておきましょう。

> 歴史には死人だけしか現れて来ない。従って退《の》っ引《ぴ》きならぬ人間の相しか現れぬし、動じない美しい形しか現れぬ。思い出となれば、みんな美しく見えるとよく言うが、その意味をみんなが間違えている。僕等が過去を飾り勝ちなのではない。過去の方で僕等に余計な思いをさせないだけなのである。（『栗の樹』80頁）

この「死人」への傾きを示した言葉は、小林の現実逃避として批判されることが多い箇所ですが、自分の人生に引き付けて考えれば、素直に納得できる言葉ではないでしょうか。生きている人間が、一時ならともかく、永遠に自分のエゴイズム（権力意識）や打算（自我意識）を切り落とし、それを押し隠して生きることはできません。乱世ともあれば、それはなおさらでしょう。だから、生きている他者と対峙《たいじ》すれば、私たちのなかにも、「余計な思い」としての自我意識や権力意識が湧いて来る。しかし、すでに死んでいる人間に打算はない。だからこそ、私たちは、彼らの前でだけは「余計な思い」をせずに無私でいることができるのです。そして、その無私のなかに浮かび上がってくる像、その「直観」に正直になることができるのではないでしょうか。小林は続けます。

> 〔……〕思い出が、僕等を一種の動物である事から救うのだ。記憶するだけではいけないのだろう。思い出さなくてはいけないのだろう。多くの歴史家が、一種の動物に止まるのは、頭を記憶で一杯にしているので、心を虚しくして思い出す事が出来ないからではあるまいか。
>
> 上手に思い出す事は非常に難《むず》かしい。（同前）

打算と利害得失を超えて――つまり、頭を記憶で一杯にした「動物」を超えて――、自分が自分に正直になったとき、私たちの心は、私たちの過去に向かい、その過去の像に対する一つの信頼を生み出すことになります。つまり、今はなき「死人」において過去の像を描き出しながら、そこに自分の「直観」を重ね、自分と他者、現在と過去との繋がりを甦らせること。それは「伝統」を日に新たに救うという実践であり、また私たちの真の「自由」（無私）を救い出すという実践でもありました。

おそらくは、その真の「自由」を守るためにこそ私たちは、過去を「上手に思い出す」必要があるのです。

第三章　直観を信じるということ

1　敗戦と「私の人生観」

「戦後文学」の地平――『新日本文学』と『近代文学』

昭和二十年（一九四五）夏、日本は敗戦を迎えました。八月六日、九日の広島・長崎への原爆投下を受け、八月十四日にポツダム宣言を受諾。翌十五日の天皇の玉音放送によって国民は敗戦を知らされます。そして九月二日、正式な降伏文書への調印を経て、いよいよＧＨＱ（連合国軍総司令部）による日本占領が始まります。

先に見たように、昭和十九年（一九四四）以降、小林秀雄はジャーナリズムから身を引いていました。が、それは、戦後もしばらくは続きます。昭和二十一年（一九四六）末まで、小林秀雄は、ほとんど発言らしい発言をしていません。しかし、この沈黙が暗示しているのは、やはり、敗戦によって受けた小林自身の傷でしょう。あれほどに日本の「民衆」を信じ、「国民」と共にあろうとした人間が、三百万人以上の犠牲者を出した大戦争の後で、何事もなかったかのように、アメリカ製の「配給された自由」（河上徹太郎）に浮かれ騒ぐわけにはいかなかったのです。

しかし、その間にもＧＨＱによる戦後改革は押し進められていきます。「Ａ級戦犯」（平和に対する罪）という概念によって過去の「軍国主義者」たちを次々と裁いていった極東国際軍事裁判（東京裁判）（一九四六年五月三日―一九四八年十一月十二日）と並行するように、ＧＨＱは、「五大改革指令」（婦人参政権、労働組合奨励、教育改革、警察司法改革、財閥解体）や、「神道指令」（神道と国家とを分離させる指令で、これによって天皇の人間宣言はなされました）、あるいは、プレスコードや、憲法改正の指令によって、「戦後日本」をアメリカ好みの国家へと改造していくことになります。

そんななかで、戦後文学の大きな流れを作る雑誌が二つ現れてきます。

その一つが、中野重治《しげはる》・宮本百合子・蔵原惟人《これひと》など、昭和初期の旧プロレタリア文学者を中心として立ち上げられた雑誌『新日本文学』でした。彼らは、「配給された自由」のなかで再び「革命」を叫びはじめることになりますが、後に、この『新日本文学』（昭和二十一年六月）は、小林秀雄を「戦争責任者」として指名することになります。

そして、もう一つの流れを作ったのが、荒正人《あらまさひと》、平野謙、本多秋五《しゅうご》、小田切秀雄、佐々木基一《きいち》、埴谷雄高《はにやゆたか》など、やや若い世代によって立ち上げられた雑誌『近代文学』です。『近代文学』の同人たちは、戦前にプロレタリア文学の洗礼を潜ってはいましたが、しかし、そこからの「転向」体験によって、『新日本文学』の掲げる政治主義――「革命のための文学」――に反発していました。後に、『新日本文学』側の文学者たちと、「世代」論争、「主体性」論争、「政治と文学」論争など数多くの戦後文学論争を繰り広げていくことになりますが、その際、『近代文学』が主張することになったのが、旧来の政治主義と芸術主義との対立を乗り越えて、「政治」と「文学」の二律背反をアウフヘーベン（止揚、高めること）するという主題でした。

実際、そのような方向性は、『近代文学』が呼んだ、創刊号第一回目のゲストと、第二回目のゲストの名が象徴的に表しています。創刊号（昭和二十一年一月）のゲストに、旧プロレタリア文学の理論家・蔵原惟人を呼んだ『近代文学』は、その翌月の第二号の座談会ゲストとして、小林秀雄を呼ぶことになります。彼らは言います、「「蔵原惟人と小林秀雄を重ねてアウフヘーベンする」方向を望んでいた」（本多秋五『物語戦後文学史（上）』）のだと。

戦後第一声「コメディ・リテレール」

かくして、小林秀雄の戦後第一声が発せられることになります。「コメディ・リテレール小林秀雄を囲んで」と題された座談会は、『近代文学』第二号（昭和二十一年二月）に掲載されることになりますが、しかし、そこで発された小林の言葉は、新しい時代に向けて歩き出そうとしていた「若い世代」にとっては、不満の残るものだったのかもしれません。

ＧＨＱの公職追放令が出て間もない昭和二十一年（一九四六）一月十二日の座談会の席上、本多秋五から戦時中の姿勢を問われた小林は、次のように言ってのけます。

> 僕は政治的には無智な一国民として事変に処した。黙って処した。それについて今は何の後悔もしていない。大事変が終った時には、必ず若《も》しかくかくだったら事変は起らなかったろう、事変はこんな風にはならなかったろうという議論が起る。必然というものに対する人間の復讐《ふくしゅう》だ。はかない復讐だ。この大戦争は一部の人達の無智と野心とから起ったか、それさえなければ、起らなかったか。どうも僕にはそんなお目出《めで》度《た》い歴史観は持てないよ。僕は歴史の必然性というものをもっと恐しいものと考えている。僕は無智だから反省なぞしない。利巧《りこう》な奴はたんと反省してみるがいいじゃないか。（「コメディ・リテレール（座談）」『全作品 第十五集』34―35頁）

「僕は無智だから反省なぞしない。利巧な奴はたんと反省してみるがいいじゃないか」という啖呵《たんか》はあまりに有名ですが、その分、この言葉は独り歩きしている嫌いもあります。これまでの議論を踏まえれば明らかだと思いますが、ここで小林が「反省なぞしない」と言っているのは、そもそも「反省なぞできない」と考えているからなのです。

「歴史」を反省できると思い込めるのは、自分だけは、その「歴史」の外に立っていると己惚《うぬぼ》れることのできる知識人だけでしょう。彼らは、歴史を俯瞰しながら、何が悪いことで、何が良いことだったのかを物知り顔に語ろうとします。が、その良し悪しの基準はどこにあるのか。結局、それは、自分に外にある物差し、「マルクス主義」や「進歩主義」や「近代主義」や「戦後民主主義」という「意匠」であるほかはないでしょう。

そして、この座談会で小林は、もう一つ重要な発言をすることになります。それは、今後の小林秀雄の文芸批評についての発言でした。

僕はもう二度と文芸時評の世界へは帰りません。帰るつもりはちっともない。それより、あの天才の思想の国だとか、美の国というものは、分け入ると、とても微妙で深い。そっちに分け入っておれば、僕の一生の時間は足りないくらいだ。僕はジャーナリズムの中に文化があるという錯覚からだんだん逃れることが出来て来た。ジャーナリズムでいろいろ書いていると、文化のために何かしているような気がするものだよ。実はそんなことはまるでないのだが。ありそうに見える処には決してないものだ。それは農夫が大根を掘って抜く手つきとか大工が何かを作っているその腕だとか、絵かきの持つ絵筆の先だとか、そういう所に文化の本当に微妙な生きたものがあるんですよ。分り切った思想や観念なんかの中にはないよ。論戦なんかのうちにもないよ。（同前16―17頁）

ジャーナリズムが、どちらが利巧におしゃべりすることができるのかを競うゲームなら、そんな場所に「文化」はないし、そんなものに興味はない。馬鹿と言われようが、無智と言われようが、自分は「美の国」の方に行くよ……、それが小林秀雄の戦後第一声でした。が、この小林秀雄の姿勢は、もちろん小林自身の必然には沿っていましたが、時代の空気に沿ったものではありませんでした。実際、こうした小林の姿勢に反感を抱く若者も現れます。たとえば吉本隆明《たかあき》（一九二四―二〇一二）は、次のように書いていました。

> わたしの記憶のなかでは、かれの戦後の第一作は「ランボオ論」か、「モオツアルト」論で、このあとに「罪と罰」論がつづく。これらのいずれも、勝手につくりあげていた小林秀雄像にそむかないできばえであった。かれがオポチュニスト（＝御都合主義者）でないということで、熱心な読者ははなはだ満足だったのである。当時、あまりにひどい文学者がおおすぎたからだ。しかし、わたしのききたかった声の半分は充《み》たされなかった。戦争とはなにか、敗戦とはなにか、これから生きてゆくとは何かについてもはや小林秀雄からなにももとめえないのを知らねばならなかった。〔……〕このことは、かれが戦後、文壇をすてて社会的視野の外にでたのとふかくつながっているようにおもえる。（「小林秀雄――その方法」『国文学――解釈と鑑賞』昭和三十六年（一九六一）十一月初出、『擬制の終焉』270頁）

たしかに、戦後の小林は「社会的視野の外にでた」のかもしれません。が、それは、自分がカップリングすべき他者‐作品を見失ったということではありませんでした。むしろ、小林は、戦後のジャーナリズムのなかにこそ、他者の手触りを失った自閉性――どちらの「社会的視野」の方が利巧なのかを競う観念遊戯――を感じ取っていたのです。

「人生」とは、小林にとって、眺めるべきものでも、おしゃべりするべきものでも、利巧になるためのゲームでもありませんでした。それは、他者と出会い、そこに立ち上がる「直観」を味わい、噛みしめ、それを模倣（ミメーシス）しながら、そこに再び他者との絆を見出していくという一回きりの行為、分割することなどできない一つの持続的経験だったのです。そこに、過去に対する〈否定‐反省〉が立ち現れる余地などありませんでした。

宗教論から芸術論へ――「私の人生観」

そして、ついに小林秀雄は、戦前から戦中、そして戦後にかけて、自分が培ってきた「人生観」を改めて語り直すという機会をもちます。昭和二十三年（一九四八）十一月十日、小林秀雄は新大阪新聞社主催の講演会で、「私の人生観」と題する講演を行います。

小林秀雄研究者の吉田凞生《ひろお》は、「私の人生観」について、「それは戦後の小林の立脚点を集約的に示す評論として、第二の「様々なる意匠」とも言うべき位置を占めている」（「『私の人生観』私見」昭和四十四年、昭和五十六年改稿）と書いていましたが、実際、それが発表されるまでの用意周到さから推《お》せば、小林秀雄が、「私の人生観」にかけた熱意は明らかでした。まず講演の要旨が十一月十九日付の「夕刊新大阪」に掲載されますが、その翌昭和二十四年（一九四九）、小林は、それに加筆修正を行ったものを、『文學界』（七月）、『新潮』（九月）、『批評』（十月）に分載し、さらに加筆したものを、同年十月、『私の人生観』として刊行することになるのです。

では、「私の人生観」とは、どのような点で、小林の戦後を用意していたのでしょうか。論点を多様に散りばめたこの講演エッセイをまとめるのは至難ですが、大きく区切れば、それは、①宗教論、②芸術論、③日本人論、④人生論として整理することができます。まず、①宗教論と、②芸術論が重ね合わされ、そこから、③日本人論と、④人生論が引き出されて行くことになりますが、まずは、宗教論と芸術論との関係から読んでおきましょう。小林は「人生観」の「観」の文字から話をはじめます。

> 少《すくな》くとも、この言葉が普通に使われ出したのは、ごく近頃の事で、やはり西洋の近代思想が這入《はい》って来て、人生に対する新しい見方とか、考え方とかが起った時から、人生観という言葉も盛んに使われる様になったのだと思う。併《しか》しそれかと言って、人生観に相当する言葉は外国にはない様です。或る人の説によると、オイケンのLebens-anschauungenが人生観と訳されて以来、人生観という言葉が広く使われる様になっ

たと言うが、Leben は人生だが Anschauung という言葉は観とは余程違う様だ。観という言葉には日本人独特の語感があるからであります。（「私の人生観」『栗の樹』287—288頁）

そして、この「観」の字に価値をおいてきた仏教——「十六観」、「日想観」、「水想観」、「禅観」、「摩訶止観《まかしかん》」——に言及した小林は、そこから「己の体験に即して仏を現さねばならぬ、創らねばならぬ」という仏教思想を芸術論へと重ね合わせていきます。

禅宗は、御承知の様に「直指《じきし》人心《にんしん》見性《けんしょう》成仏《じょうぶつ》」と言って、徹底した自己観察の道を行くのであります。「不立文字《ふりゅうもんじ》」という事を強調するが、これは言語表現の難かしさに関する異常に強い意識を表明したものであって、自己表現の否定をいうのではない。言語道断の境に至って、はじめて本当の言語が生れるという、甚だ贅沢な自己表現欲を語っているものだと考えられる。教理論として形式化したお釈迦様の菩提樹の下の禅観に、新しい命を吹き込んだこの運動は、当初の緊張状態が過ぎて次第にゆとりが出て来る様になりますと、当然その内部から芸術表現を生む様になる。（同前296頁）

よく知られている通り、室町時代には禅宗を通じて水墨画や山水画の傑作が数多く生まれますが、小林は、それらの画業を、仏教的「自然観」「真如観」の実践――つまり、「山水は徒らに外部に存するのではない、寧ろ山水は胸中にあるのだ、という確信」（同前297頁）による行為――を突き詰めていった先で生み出されていった営為なのだと言います。

もちろん、それは、ものを対象化し、分析し、組み合わせることで己の「外部」を再構成してきた近代的な世界把握とは正反対の営みです。しかし、そのような仏教的な「観」の思想こそ、日本人のものの見方（芸術観）を育ててきたものであり、また日本人の生き方（倫理思想）を導いてきたものではなかったでしょうか。

たとえば、それは、道元（一二〇〇―五三。禅僧・曹洞宗の開祖）の次のような言葉においても明らかです。

> 仏道をならふといふは、自己をならふ也。自己をならふといふは、自己をわするるなり。自己をわするるといふは、万法《ばんぽう》に証せらるるなり。万法に証《しょう》せらるるといふは、自己の身心《しんじん》及び他己《たこ》の身心をして脱落せしむるなり。（『正法眼蔵』講談社学術文庫　44頁）

文字通り、「自己をならふ」とは、「自分とは何か」と問うことですが、「自分とは何か」と問うていった先に現れてくるのは、意識（エゴイズム）を超えて、「万法に証せ」られている自己、つまり、よろずのこと（万物自然）に教えられ、照らし出されている自己だと、道元は言います。そして、それゆえに、私が私の「観」のなかに入っていけばいくほど、私は私の意識を脱落させて、世界は自己と一体化して現れてくることになるのです。

しかし、それなら、自己と一体化した世界を、そのまま言葉によって掬い取れば、そこに「歌」が生まれ、絵筆によって掬い取れば、そこに「画」が生まれたのだとは言えはしないでしょうか。この無私の心に映り込んでくる「自然」を模倣（ミメーシス）すること、そこに日本人独特の審美観は育てられ、「直観」の技は磨かれてきたのです。とすれば、それはそのまま、小林秀雄の「批評」にまでつながる姿勢だったと言うべきでしょう。

仏教者の観法《かんぼう》という根本的な体験が、審美的性質を持っていたからでありましょう。観法はそのまま素直に画家の画法に通じ、詩人の詩法に通じた。西行の和歌における、宗祇《そうぎ》の連歌における、雪舟の絵における、利休の茶における、其貫道《かんどう》する物は一なり、と芭蕉は言っているが、彼の言う風雅とは、空観だと考えてもよろしいでしょう。西行が、虚空《こくう》の如くなる心において、様々の風情を色どる、と言った処を、芭蕉は、虚に居て実をおこなう、と言ったと考えても差支えあるまい。あらゆる思想は、通貨の様なもので、人手から人手に渡って、薄穢《うすぎたな》く汚れるものです。仏教思想も例外ではない。仏教の厭世《えんせい》思想とか虚無思想とか言われるものも、その汚れを言うのであります。芭蕉が、貫道する処は一なりと言った意味は、何々思想とかイデオロギイとかいう通貨形態をとらぬ以前の、言わば、思想の源泉ともいうべきものが、達人達の手によって捕えられた、という意味であろう。（「私の人生観」『栗の樹』306頁）

仏教思想であれ何であれ、あらゆる思想は、人から人に伝わっていくとき、一種の「意匠」を帯びます。しかし、それなら私たちが、その「思想の源泉」に触れるには、そんな「意匠」のヴェールを一枚一枚剝いでいく必要があります。そして、そんな「薄穢く汚れ」たものから「思想の源泉」を救い出すもの、それが、私たちの「美」を求める心なのです。

空観とは、真理に関する方法ではなく、真如《しんにょ》を得る道なのである、現実を様々に限定

> する様々な理解を空しくして、はじめて、現実そのものと共感共鳴する事が出来るとする修練なのである。かくの如きものが、やがてわが国の芸術家の修練に通じ、貫道して自分に至ったと芭蕉は言うのだが、今日に至っても、貫道しているものはやはり貫道しているでありましょう。仏教によって養われた自然や人生に対する観照的態度、審美的態度は、意外に深く私達の心に滲透《しんとう》しているのであって、丁度雑沓《ざっとう》する群集の中でふと孤独を感ずる様に、現代の環境のあわただしさの中で、ふと我に還るといった様な時に、私はよく、成る程と合点するのです。まるで遠い過去から通信を受けた様に感じます。決して私の趣味などではない。私はそうは思わぬ。正直に生きている日本人には、みんな経験がある筈だと思っています。（同前307－308頁）

「真如」、すなわち、自然のあるがままの姿を感受し、それと一体化すること。その「美」を求める心は、正直に生きている日本人においては、「今日に至っても、貫道しているもの」だと小林は言います。そして、そんな過去からの通信を享《う》けることを伝統感覚と言うのなら、やはり、ここでも小林は、自分を「自由」にする「伝統」を発見しているのだと言っていいでしょう。自己（エゴ）を押し出すのではなく、他者に照らし出され、そこに生まれる「直観」を拾い上げること、そして、その喜びを数珠繋《じゅずつな》ぎに繋げていくこと、それこそが、私たち日本人の宗教観・芸術観であり、また、その生き方だと言うのです。

「観の目」で人生と歴史を見る

しかし、ここで注意しておきたいのは、この日本人の審美観が、決して俗世から隠遁した場所——他者に対する観照的距離を静かに守れる場所——でのみ生きられるようなものではないという小林の指摘です。そのとき、小林は、遁世の趣味など一切もたず、「実用主義というものを徹底的に思索した、恐らく日本で最初の人」（同前346頁）である剣客・宮本武蔵（一五八四—一六四五）の「人生観」に触れつつ、次のように語ることになります。

> 武蔵は、見るという事について、観見《かんけん》二つの見様があるという事を言っている。細川忠利の為に書いた覚書のなかに、目付之事というのがあって、立会いの際、相手方に目を付ける場合、観の目強く、見の目弱く見るべし、と言っております。見の目とは、彼に言わせれば常の目、普通の目の働き方である。敵の動きがああだとかこうだとか分析的に知的に合点する目であるが、もう一つ相手の存在を全体的に直覚する目があ

> る。「目の玉を動かさず、うらやかに見る」目がある、そういう目は、「敵合近づくとも、いか程も遠く見る目」だと言うのです。「意は目に付き、心は付かざるもの也《なり》」、常の目は見ようとするが、見ようとしない心にも目はあるのである。言わば心眼《しんがん》です。見ようとする意が目を曇らせる。だから見の目を弱く観の目を強くせよと言う。（同前315―316頁）

「見の目」とは、ジロジロ見る目、ある対象だけを分析的に見る目のことです。それに頼れば、たしかに、相手の剣の動きはよく見えるのかもしれない。しかし、相手の剣に集中すればするほど、その目には、相手の重心や、足の動かし方、息遣いや、筋肉の動き、さらには風の向きや、光の差し方などは映らなくなってしまいます。つまり、目の前の〈対象‐部分〉に目を向ければ向けるほど、私たちは、私たちを取り巻いている〈自然‐全体〉が見えなくなってしまうのだということです。しかし、そうなれば、目に見えない心の動きも含めて、数えきれない差異が同時並行的に進行する戦場において、戦闘者はむしろ〝弱く〟なってしまうことになります。それゆえに武蔵は「観の目つよく、見の目よはく」（『五輪書』）と言うのです。

そして、それは歴史や人生も同じでしょう。歴史のある部分を切り取ってきて、あるいは人生のある部分を切り取ってきて、それだけをジロジロと見て批評（反省）しても意味はありません。いや、というより、歴史や人生こそ、分割できないものの異名なのです。ここからが古い時代（人生）で、ここからが新しい時代（人生）だと割り切ることができないもののことを、私たちは「歴史」や「人生」の名で呼んできたのです。「見の目」でなく「観の目」で見れば、それはいつだって一つの大きな全体をなしています。

小林は、「我が事において後悔せず」という武蔵の言葉を引いて、次のように言います。

> 自分はつねに慎重に正しく行動して来たから、世人の様に後悔などはせぬという様な浅薄な意味ではない。今日の言葉で申せば、自己批判だとか自己清算だとかいうものは、皆嘘の皮であると、武蔵は言っているのだ。そんな方法では、真に自己を知る事は出来ない、そういう小賢《こざか》しい方法は、寧ろ自己欺瞞《ぎまん》に導かれる道だと言えよう、そういう意味合いがあると私は思う。昨日の事を後悔したければ、後悔するがよい、いずれ今日の事を後悔しなければならぬ明日がやって来るだろう。その日その日が自己批判に暮れる様な道を何処まで歩いても、批判する主体の姿に出会う事はない。別な

> 道が屹度《きっと》あるのだ、自分という本体に出会う道があるのだ、後悔などというお目出度《めでた》い手段で、自分をごまかさぬと決心してみろ、そういう確信を武蔵は語っているのである。それは、今日まで自分が生きて来たことについて、その掛け替えのない命の持続感というものを持て、という事になるでしょう。（同前314―315頁）

「見の目」で人生を振り返れば、あそこで失敗しただの、ここで躓《つまず》いただの、様々な「後悔」が見出されるでしょう。その挙句に過去の全てを清算し、明日から新しい人生を生き直すのだなどという空想も現れてきます。が、それは「いずれ今日の事を後悔しなければならぬ明日」という切りの無さを、つまりは、徹底した記憶喪失を招き寄せるだけです。

しかし、『私の人生観』が刊行された昭和二十四年とは、その前年の東京裁判の終結を受けて、まさしく、「自己批判だとか自己清算だとかいう」言葉が溢れかえった時代だったことを思い出しておかなければなりません。「戦前」を暗黒時代として黒く塗りこめ、「戦後」を光り輝く民主主義時代として空想する。そんな自己喪失気味な夢を語ることに、ジャーナリズムは浮かれ騒いでいたのです。しかし、その空想が膨らめば膨らむほどに、私たちの「掛け替えのない命の持続感」は消えていってしまい、あの「私は私である」という「宿命の主調低音」は聞こえなくなってしまうでしょう。そして、「私」というものは、いつでも取り換え可能な記号のようなものへと堕していってしまうのです。

最後に、この「命の持続感」という言葉について、それを一つの宗教的人生論とでも言うべきものとして考えておくために、『私の人生観』が刊行された翌年に書かれた「信仰について」（昭和二十五年四月）という小さなエッセイから言葉を引いておきたいと思います。

私は宗教的偉人の誰にも見られる、驚くべき自己放棄について、よく考える。あれはきっと奇蹟なんかではないでしょう。彼等の清らかな姿は、私にこういう事を考えさせる、自己はどんなに沢山の自己でないものから成り立っているか、本当に内的なものを知った人の眼には、どれほど莫大《ばくだい》なものが外的なものと映るか、それが恐らく魂という言葉の意味だ、と。神は人類から隠れているかどうかわからない。併《しか》し私の魂が私に隠れて存する事を疑う事が出来ぬ。富とか権力とかいう外的証拠を信用しないという事なら、そんなに難かしい事ではないだろうが、知識も正義も、いや愛や平和さえ、外的証拠に支えられている限り、一切信用する事が出来ないという処まで行く事は何《な》んと難かしい業《わざ》だろう。懐疑派とは臆病な否定派に過ぎますまい。（「信仰につい

て」『栗の樹』284―285頁）

ここでも小林は、「外的なもの」（見の目）ではなく、「内的なもの」（観の目）を擁護します。そして、この「内的なもの」を守り抜いた宗教的偉人（イエスや仏陀）において、その「自己放棄」は――つまり、自己を記号化する外的な富や権力や知識や正義を捨てることは――、決して奇跡などということではなくて、至って自然な行為ではなかったのかと言うのです。というのも、宗教的偉人と呼ばれる人々においては、真の不幸というものが、自分の「魂」（命の持続感）を失ってしまう事であり、また、真の幸福というものが、自分の「魂」（命の持続感）を守る事であることは何より自明なことだったからです。

つまり、小林秀雄は、その〝幸福〟への意志においてこそ、「その掛け替えのない命の持続感（内的なもの）というものを持て」と言っていたのだということです。

2　「美」を求める心――「ゴッホの手紙」から「近代絵画」へ

ベルクソンからのヒント

前節では、小林秀雄が「その掛け替えのない命の持続感」をどのようなものとして考えていたのかを見てきました。そこで強調されていたのは、「外的なもの」と「内的なもの」の対比であり、また「見」と「観」の対比でした。そして、その対比のなかから小林は、日本人独特の宗教観や審美観、あるいは人生観などを引き出していました。

ただし、ここで注意しておきたいのは、これらの小林秀雄の思想が、単に日本の伝統だけから導かれたものではなかったという点です。「私の人生観」のなかで、「こういう考え方を、私はベルグソンに負う」と明言し、また、その講演の後半部分の多くをアンリ・ベルクソン（一八五九―一九四一）についての論述に割《さ》いていたように、小林が「観」の方法の普遍性と可能性とを学んでいたのは、若い頃から馴染んでいたベルクソン哲学だったのです。

では、ベルクソン哲学とは、一体どのような哲学だったのでしょうか。

第二章のはじめで、「アキレスと亀」の話を紹介しておきましたが、まずベルクソンが重視したのは、その「逆説」でした。足の速いアキレスが、足の遅い亀を追い抜こうとするものの、アキレスが亀に追いつくまでの時間を分割して考えると、ついにアキレスは亀を追い抜くことができなくなってしまうというあの逆説です。この逆説のポイントは、「時間」というものを、分割可能な「空間」のようなものとして考えてしまうと、本来あり得ないような不条理が現れてきてしまうのだという点にあります。

そこからベルクソンは、次のようなシンプルな原理を引き出してきます。すなわち、時間的持続（こと）と、空間的物質（もの）とは全く違うものであり、それゆえに、時間を空間的なもの（数えられるもの、時計の針）として扱うことは間違っているのだと言うことになるのです。そして、その事実からベルクソンは、分割可能な物質的・空間的な知覚ではない、分割不可能な生命的・時間的な記憶の謎へと注意を向けていきます。

たとえば、一分一秒を争う時間（数えられる時間）から解放されたとき、私たちのなかに、ふっと過去の記憶が甦ることがあります。それこそ、ベルクソンに言わせれば、空間的経験とは違う時間的経験なのです。ふつう私たちは、生きる必要のために、対象化しにくい時間（こと）を、なんとか対象化しやすい空間的な概念（もの）に変形させて生活しています。が、ときとしてそんな有用性への緊張が緩み、私たちが生きるための必要から解放されると（放心）、その空間的概念によって蓋をされていた「純粋持続」としての「記憶」が甦ることになるのです。もちろん、その「記憶」は、ここからが過去で、ここまでが現在、などと区切ることはできません。それは、その外部に立つことができない一つの持続、それを経験するには、自らその内部に身を置くしかない、全体的な流れなのです。

では、この、「時間」が「空間」ではないということの意味は何なのでしょうか。

それは、時間（純粋持続・記憶）が、その外から知性が捉えることのできない体験だということです。それゆえに純粋持続は、分割も、比較も、分析もできない絶対的体験であり、それは、内的生命の流れのなかに「直観」されるしかないものだということになります。

たとえば、ベルクソンは、よく音楽を例に引いていましたが、しかし、「純粋持続」を導くのは、決して音楽だけではありません。たとえば、「変化の知覚」という論考のなかで、ベルクソンは、絵画を例にとって「知覚の拡張」について語っていました。

芸術は何を目指しているのでしょうか。芸術が目指しているのは、自然のなかでも精

> 神のなかでも、私たちの外でも内でも、私たちの感覚や意識を明白には打たないものを示すことです。〔……〕ある作品、とくに巨匠の作品について、「これは本当だ」と私たちはなぜ言うのでしょう。偉大な芸術と単なる空想との違いはどこにあるのでしょう。コローやターナーの絵を前にして私たちが感じていることを、もっと深く掘り下げてみましょう。そうすればきっとわかりますが、私たちが彼らの絵を受けいれて感嘆するのは、彼らの絵の示すものの何ほどかを、私たちがすでに見たことがあるからです。しかし、私たちはそれを見ていたのですが、それに気づかなかったのです。
>
> （「変化の知覚」『思考と動き』原章二訳、213―214頁）

とくに重要なのは最後の、「私たちはそれを見ていたのですが、それに気づかなかったのです」という一文です。つまり、私たちも芸術家と同じように、目の前にある山の美を見、海の美を見ていたのです。が、生活の必要から、すぐに、それに概念の蓋をしてしまったのだということです。すると、目の前の山と海は、扱いやすい「山」という記号（概念）、あるいは「海」という記号（概念）に還元されてしまい、その本来の手触り（純粋持続）を失ってしまう。しかし、だからこそ、純粋持続を保持しているコローやターナーの絵を目の前にすると、思わず私たちは、過去の記憶を思い出し、「これは、どこかで見たことがある」、「これは本当だ」と口にしてしまうことになるのです。

つまり、「芸術」とは、私たちの内的記憶を喚起する一つの触媒だということです。

「知覚の拡張」という道

ベルクソンの議論を踏まえると、「私の人生観」の後半は一気に読みやすくなります。

たとえば、小林は、「美しい自然を眺めてまるで絵の様だ」と言い、「美しい絵を見てまるで本当の様だ」と言う私たちの日常的な驚きの言葉に注意を促しながら、その一見倒錯的にも聞こえる二つの言葉のなかに、「芸術」の秘密を見ようとします。

そして、小林は、安井曾太郎《そうたろう》（一八八八―一九五五）と梅原龍三郎《りゅうざぶろう》（一八八八―一九八六）の展覧会に足を運んだことに言及しつつ、次のように書いていました。

> 海が光ったり、薔薇《ばら》が咲いたりするのは、誰の眼にも一応美しい、だが、人間と生れてそんな事が一番気にかかるとは、一体どうした事なのか。現に、会場に絵を並べた二人の画家は、四十何年間も海や薔薇を見て未だ見足りない。何という不思議だろう。

そういう疑問が、この沢山な鑑賞者のうちの誰の心に本当に起っているだろうか。そういう疑問こそ、絵が一つの精神として諸君に語りかけて来る糸口なのであり、絵はそういう糸口を通じて、諸君に、諸君は未だ一っぺんも海や薔薇をほんとうに見た事もないのだ、と断言している筈なのであります。（「私の人生観」『栗の樹』329頁）

ここでも、やはりベルクソンの議論を思い出すべきでしょう。

自然は変化し続けており、一度たりとも同じ姿を見せません。また、つねに差異に満ちていて、無限に新しくなりつづけています。しかし、私たちの有限な知性は、その無限の差異に耐えられません――逆に言えば、その無限の差異のなかに完全に身を没してしまえば気が狂ってしまいます――。そこで、それらの差異を改めて分割し、枠づけ、同じ概念のなかに押し込める必要がでてくる。生きるために私たちは、この世界を記号化し、分類し、概念化し、その全体を一つのシステムに仕立て上げることになるのです。

しかし、その一方で、世界を記号（概念）によって枠づけることは、持続のなかにある私たちのリアリティ（差異）の一部を犠牲にすることでもあります。そして、ときに記号（概念）の過剰は、世界の真実――潜在的な差異――を押し殺してしまいます。

しかし、だからこそ、私たちは画家の努力を必要とするのではなかったでしょうか。彼らは四十年以上ものあいだ、同じ海や薔薇を描き続けました。つまり、海や薔薇に宿る無限の差異を拾い続けたのだということです。それを見て人はよく〝何の意味があるのか〟と言いますが、それこそは芸術の営みを裏側から言い当てた言葉でしょう。〝意味〟などないのです。いや、芸術は世界を意味から守るためにこそ存在しているのです。つまり、芸術は、目の前の真実（無限の差異）が、「海」や「薔薇」という記号へと還元させられることに抵抗しているのです。それが芸術の営みなのです。

たとえば、「概念」に抵抗する「知覚の拡大」について、小林は次のように言います。

> 知覚の欠陥を概念によって充《みた》さねばならぬ、という考えを、若《も》しきっぱりと思い切るならば、知覚を概念に仕上げるに際し、何か豊富な或るものが失われざるを得ないという事を、真面目に考えてみる筈である。それならば、知覚から概念に飛び上ろうとする同じ意志の力が、逆に知覚の中にどこまでも入り込み、凡《およ》そ知覚するものは何一つ捨てまい、いや進んでこれを出来るだけ拡大してみようという道がありはしないか。
>
> （同前330―331頁）

「純粋持続」から概念に飛び上がるのではなく、逆に、無限の知覚のなかにとどまって、それをどこまでも拡げていくこと、その困難な道を歩こうとする人間のことを、小林は、「優れた芸術家」と呼びます。生活の必要が強いてくる概念化の欲望を抑え、与えられた「知覚」をできる限り縮約せず、見るものと、見られるものとの対立を突破して、「観」の源泉に推参すること。そこに、見るために見るという純粋な営みを引き受ける芸術家の仕事があります。

そして、そこに現れる「拡大された知覚」は、もはや概念的な理解が及ばない知覚、小林－ベルクソンによれば、単なる生理的知覚でも、単なる夢・幻でもなく、圧倒的なリアリティを伴った「見神《けんしん》というvision」の体験として迫ってくることになるでしょう。そのとき芸術家は、ほとんど宗教的で絶対的な視力を得ています。それは、私たちの存在を、社会生活の有用性の制限から解放し、内的生命の流れに対する「直観」を通じて、私たちに、私たち自身の「自然」の本源に通じる道を指し示すことになるのです。

そして、そのとき人は、「沈黙」の意味を学ぶことになるでしょう。「近代絵画」という連載を終え、「感想」（ベルクソン論）の連載に入る前年の昭和三十二年（一九五七）二月、小林秀雄は「美を求める心」というエッセイのなかで、次のように書いていました。

> 美しいものは、諸君を黙らせます。美には、人を沈黙させる力があるのです。これが美の持つ根本の力であり、根本の性質です。絵や音楽が本当に解るという事は、こういう沈黙の力に堪える経験をよく味《あじわ》う事に他《ほか》なりません。（同前160頁）

美しいものを前にすると、人は呆然として言葉を失います。が、人は、その「沈黙」の不安に耐えられず、すぐにその純粋持続に蓋をする言葉を探しはじめます。が、小林は、この「沈黙」をこそよく味わうべきだと言うのです。そこに概念では捉えられない「芸術」の、いや「自然」の秘密が潜んでいるのです。

では、この「vision」を前にして、一体どのような批評が可能なのか。以降、小林秀雄は、近代絵画を素材に、この「知覚の拡大」についての探求をはじめることになります。

セザンヌの「無私と忍耐」——見ることとの自己克服

昭和二十三年（一九四八）十二月、「私の人生観」と並行して、小林は、「ゴッホの手紙」

の連載をはじめます。その切掛けは、読売新聞社主催の上野の泰西《たいせい》名画展覧会で、ゴッホが自殺する直前に描いた麦畑の絵の複製画を小林が見たことでした。その絵の前にしゃがみこむほどに打ちのめされた小林は、その後、その絵画を手掛かりに、その背後にあるゴッホの人生を、手紙の言葉とともに描きだすという評伝文学の仕事へと向かっていきます。

この連載を昭和二十七年（一九五二）二月に終えた小林は、同年十二月、『朝日新聞』の特派員を兼ねてヨーロッパへ出発することになります。パリからエジプト、ギリシャへと渡り、戻ってイタリア、スイス、スペイン、オランダ、イギリスと欧州各地を巡りながら、その国々の美術館――ルーブル美術館や、プラド美術館――で西洋絵画をじっくり見た小林は、翌昭和二十八年（一九五三）七月にアメリカ経由で帰国することになります。

そして、帰国後に連載をはじめたのが、「近代絵画」（連載雑誌を替えながら、昭和二十九年〔一九五四〕三月―昭和三十三年〔一九五八〕二月）でした。ただし、それは美術史的な論考ではなく、フランス印象派を中心とした列伝形式のエッセイとでもいった趣が強いものでした。最初に、美術批評を書いた十九世紀の詩人ボードレールが論じられた後、モネ、セザンヌ、ゴッホ、ゴーギャン、ルノワール、ドガ、ピカソといった画家たちが論じられていくことになります。が、その際も、小林秀雄の眼差しは一貫して、画家と、その彼らが相手取った「自然」との関係に向けられていました。

なかでも、その対照性と相俟って精彩を放っているのが、セザンヌ（一八三九―一九〇六）とゴッホ（一八五三―九〇）の章でしょう。まずセザンヌから見ていきましょう。

> 光を摑もうとする手から物が逃げた。彼の言葉で言うなら、モネは素晴らしい眼だが、眼に過ぎないと見えた。セザンヌが摑みたかったのは、自然の瞬間の印象ではない、自然という持続する存在であった。（「セザンヌ」中公文庫『人生について』134―135頁）

セザンヌがキャンバスに写そうとしていたのは、光による末梢《まっしょう》神経の刺激などではなく、「自然という持続する存在」、つまり、「自然」というものの全体感だったということです。

> 彼が、自然を、何処《どこ》も彼処《かしこ》も同時に進行していると感受していた事が根本である。光は形、凡《すべ》ての物の形を徹底的に壊しにかかるが、色の反映に抗して、固有色が、線が、構造が頑固に現れ出ようとする。瞬時も止まらず移ろい行き消えて行く印象に、各瞬

間毎に、確乎たる統一の感覚が現れるのは何故なのか。彼は、相戦い、相矛盾する感覚の群れを、悉《ことごと》く両手のうちに握りしめたかった。どういう解決の方法があったのか。恐らく、彼には、無私と忍耐と、と答える他《ほか》はなかったであろう。（同前135頁）

「何処も彼処も同時に進行している」のが「自然」なら、それを「見の目」だけで捉えることは不可能です。さらに、その無限の差異を、すべての瞬間が新しく、つねに移ろい続ける自然の姿をキャンバスに写し取るには、知覚を概念化しようとする頑固な力から逃れていなければなりません。そして、その概念化への衝動が、〝生きるための必要〟というエゴイズムからやって来ているのだとすれば、その自我意識それ自体を消し去らなければならないということにもなります。利害得失の意識を排除したところで「自然」を受け入れ、言葉より以前の差異に耐え続けること。それがセザンヌの「無私と忍耐」でした。

　リルケの考えでは、画家にしても詩人にしても、存在とか実存とか呼ばれているものに対する態度によって、その真偽がわかるのである。これは態度であり良心であって、単なる観察ではない。「存在するもの」に、愛らしいものも、厭《いと》わしいものもな

> い。選択は拒絶されている。「腐肉」〔＝セザンヌが暗誦していたというボードレールの詩。路上で死体が朽ちていく様を歌っている〕も避けられぬ。だから、大画家にとって、見るとは自己克服の道になる。熟考も、機智も精神的自由さえ安易な方法と思われる様な職人的な努力になる。セザンヌが、自然の研究だ、仕事だ、と口癖の様に言っていたという事は、画家は、識見だとか反省だとかいうものを克服して了《しま》わねば駄目だという意味なのである。〔……〕
>
> セザンヌは、彼の「モチフ」の裡で、絵筆を動かす。「自分というものが干渉すると、みんな台無しになる、何故だろう」と彼は訝《いぶか》る。（同前138―139頁）

つまり、自然を「見る」ための自己（エゴ）克服の道――その職人的な努力、自然の研究、自分の仕事――を、セザンヌは、はっきりと自覚していたのだと小林は言うのです。では、その自己克服の道を歩くには、どのような「態度」が必要だったのでしょうか。

> 自然とは感覚の事だ、と彼は言う。そして感覚とは、彼にその実現を迫って止まぬものなのである。彼は絵のモチフを捜しに行くというが、彼は自分の方に、何《な》んの用意

も先入主〔＝先入観〕も規準もない事をよく知っている。自然と出会うという事は、そういうものがすっかり無意味になって了う経験だ、と彼ははっきり知っていた。むき出しの彼の視覚が、自然に捕えられるのである。彼はそれを待っているだけだ。その強度に耐えられぬと感ずる処に立ち止まるだけだ。（同前170頁）

いわばセザンヌのモチーフは、こちらから捜しに行くものではなくて、向こうからやって来るものなのです。とすれば、彼にできることは、その「自然」との出会いを待つことだけだということになります。「自然」に身を投げ出しながら、ただ待つのです。

彼は自然の方に向って自分を投げ出す。それが、自然は感覚だ、という意味なのであり、自然の方が人間の意識の中に解消されるなどとは露ほども考えていない。大事なのは、自然を見るというより、寧ろ自然に見られる事だ。彼は、自然に強迫されている生存というものだけを信じていた様に見える。自然の像を実現する困難を語る、彼の様子には、自然が彼の生存の構造と化しているという様な趣が見える。（同前）

「自然」というものが「人間の意識の中に解消されるなどとは露ほども考えていない」からこそセザンヌは、概念や意味に走ることの誘惑を退《しりぞ》け、「自然」の方からこちらに働きかけてくる瞬間を己を空しくして待つことができたのでしょう。小林は、セザンヌにおいて、ヨーロッパ人が生きていた「観の目」を描きつつ、この「自然」の働きを受けて生きた一人の売れない画家を、しかし、一つの充実した生として描き出していました。

ゴッホの宿命——色彩とデッサンとの格闘

小林の筆によるセザンヌが、知覚を概念化しようとする誘惑に耐えた「無私と忍耐」の画家だったのだとすれば、その反対にゴッホは、自己が無限の感情（知覚）の方へと溶け出していってしまうことを、何とか理性（概念）によって制御しようとしたところに、葛藤にみちた自分自身の表現を見出したという画家でした。

とくに晩年のゴッホは、十二時間休みなしに働き、その後に十二時間前後不覚に眠りこむというように、「絵は忘我と陶酔のうちに成り、『自分で自分の仕事の判断もつかぬ。善し悪しも見えぬ』」というほどの異常な昂揚を生きていました。もちろん、この溢れ出す内的な感情（自己の自然）の激しさが、のちにゴッホを狂気へと向かわせることになります。

が、興味深いのは、その一方でゴッホが、狂気へと向かっている自分自身を明晰に理解していたことでした。そこにゴッホの内的生命と理性との格闘が現れます。

小林は、ゴッホの狂気は、むしろ逆に、ゴッホ自身の理性的批判力を刺激し、その両者の緊張に満ちた闘争的関係を加速させていったのだと言います。

> セザンヌは制作の中心観念を「感覚」と呼んだが、ゴッホの強い主観にあっては、そういうものは、寧ろ「感情」とか「情熱」とかと呼ばれるべきものだったであろうが、彼も亦セザンヌの様に、そういうものの実現は、自然との相談ずくでなければ不可能である事を、頑強に信じ続けたのである。併《しか》し、ゴッホには、セザンヌの忍耐も時間も欠けていた。自然から出発すべきか、自分のパレットから出発すべきか、という問題は、技法の上では、デッサンと色彩との、鋭く対立する矛盾となって、この短命を予感した性急な画家には、現れた様である。〔……〕では、ゴッホの天才とは、傑作とは何か。やはりこれは別人のものではない。独自の様式に達したゴッホの絵は、奔放な色彩だけで出来ているのではない。色とデッサンとの格闘によるのである。彼の傑作を眺めていると、彼の明察は、両者の矛盾による緊張を希っていたという風にさえ

思われて来る。（同前123―124頁）

小林は、ゴッホの内的感情（狂気）と、それへの批判力（理性）との緊張関係を、そのまま「奔放な色彩」と「デッサン」との緊張関係に翻訳し直します。ゴッホの場合、内的感情は、そのまま忘我と陶酔のうちに「色彩」（時間的持続）に移され、その感情の異常な昂揚を規矩するためにこそ理知的な「デッサン」（空間的分割）が必要とされるのです。それゆえに、ゴッホの絵は、常に「色とデッサンとの格闘」として現れてきます。

しかし、その緊張感に満ちた「格闘」は、ついに終わりを告げます。自殺の直前に描いた麦畑の絵を見ると分かりますが、そこではデッサンが崩壊し、それとは反対に、色彩の方が異常に溢れ出ています。この絵を見たときの衝撃を、小林は次のように表現しました、「この色の生《な》ま生《な》ましさは、堪え難いものであった。これは、もう絵ではない。彼は表現しているというより寧ろ破壊している」と。ゴッホ自身、弟のテオへの手紙のなかで、「絵の中で、僕の理性は半ば崩壊した」と書いていましたが、まさしく小林は、ゴッホの自殺を、デッサンの枠を超え出ようとする異様な色彩に対する、ゴッホ自身による自裁、狂気に対する理性の最後の自己限定として見ます。

しかし、ここで興味深いのは、セザンヌのなかに〝概念化に抗う自然への忍耐〟を見、ゴッホのなかに〝狂熱に落ちまいとする理性の格闘〟を見る小林秀雄の芸術論が、ほぼ同時代に発表されていたハイデガーの『芸術作品の根源』（元々は一九三五年から一九三六年にかけてなされた講演ですが、それが『杣径』に収められて出版されたのは一九五〇年のことでした）の議論と驚くほどに似ていたことです。

ハイデガー自身、ゴッホの『靴』を主題として、「世界と大地の闘争」について語っていましたが、その際の「世界」とは、「明《あ》け Lichtung」のこと、つまり、対象を概念的に明らかにしていく地平のことを指し、「大地」とは、その概念化の限界で見出される「伏蔵《ふくぞう》性 Verbergung」、言ってみれば、潜在的な無限の差異のことを指していました。そして、この両者が「闘争」するとき、そこに立ち現れてくるものこそ、「ア・レーテイア」（不・伏蔵性）としての、つまり、存在のリアリティとしての「真理」だと言われるのです。

この「真理」は、もちろん科学的真理などではありません。それは、概念と、概念ならざるもの（自然）との緊張関係（闘争）のなかに立ち上がってくる、あるがままの世界のあるがままのあり様のことです。無限の差異のなかに飲み込まれれば、私たちは発狂してしまう。とはいえ、概念の過剰によってもまた自然のリアリティを失ってしまいます。とすれば、やはり、私たちの真実――生きていることのリアリティの根源――は、その両者の間での「闘争」にこそあるということになるでしょう。

ハイデガーは、ゴッホの「闘争」において「真理」を見ていましたが、小林秀雄は、ゴッホの「格闘」のなかに、人に沈黙を強いてくる「美」の姿を見ていました。しかし、「真理」といい、「美」といい、そこに見出されていたものは、人間が生きるということのあるがままの姿、概念だけによっては捉え難い人間の、その「生」の真実だったことに変わりはありません。それが小林秀雄を感動させていたのです。

3　信じることと知ること――『本居宣長』と「山の人生」

言語を介して「内なるもの」へ――『本居宣長』

前節の最後で、小林秀雄の芸術論と、ハイデガーの『芸術作品の根源』の類似について触れておきましたが、そこで論じたのは、私たちが「内的なもの」を「外的なもの」へと媒介させていく際の緊張感にみちた葛藤――ベルクソン的に言えば「時間」を「空間」のなかで表現するための工夫と忍耐、ハイデガー的に言えば「大地」からの寡黙な呼び声を「世界」のうちに立て返すことの闘争――といった主題でした。

が、考えてみれば、その葛藤を生きる最大の現場こそ「文学」ではなかったでしょうか。生命自然の本源からやってくる分割不可能な「直観」（内的なもの）を、しかし、概念的な性格を孕む「言葉」（外的なもの）によって表現すること。そこに「文学」の営みがあるとするなら、小林秀雄が最後に向かったのが、日本人の「直観」を「国語」のなかで問い直し、日本史上初めての本格的な文学原論――『排蘆小船《あしわけおぶね》』『石上私淑言《いそのかみささめごと》』『紫文《しぶん》要領』など――を書き上げた本居宣長だったということはほとんど必然だったように見えます。

昭和三十三年（一九五八）四月、『近代絵画』を人文書院から刊行した小林秀雄は、その翌月、ベルクソンを論じた「感想」の連載（昭和三十三年五月―昭和三十八年六月）へと向かいます。が、この足掛け六年の仕事（連載五十六回）は結局実ることなく、途中で放棄されることになりますが、のちに小林は、数学者・岡潔《おかきよし》との「対話 人間の建設」（昭和四十年十月）のなかで、ベルクソン論中断の理由を次のように語っていました――「力尽きて、やめてしまった。無学を乗りきることが出来なかったからです」と。

この言葉をどこまで字義通りのものとして受け取るかは解釈が分かれますが、しかし、小林が、この「感想」の連載を単行本にすることはもちろん、生前に編まれた全集にさえ入れることを許そうとはしなかったことを考えると、その挫折が本質的なものだったことが推測されます（「感想」は、現在の全集や全作品には別巻に収められています）。

そして、その挫折後二年をおいて開始されたのが、「本居宣長」の連載（昭和四十年六月―昭和五十一年十二月）でした。言葉を介して生命の始原に回帰するという主題を、フランス語で考えたベルクソンを論じることによっては果たせなかった小林は、それを改めて、日本語で考えた本居宣長を論じることによって果たそうとしたするのです。

「本居宣長」の連載は、その後、十一年間にわたって書き継がれていきますが、それは丁度、小林が六十三歳から七十四歳になるまでの晩年の時期と重なっていました――さらに、その二年後にはじめる「本居宣長補記」の連載まで含めると、小林秀雄は宣長について七十八歳まで書き続けたことになります――。つまり、『本居宣長』において小林秀雄は、自分の人生そのものだった「文学」について振り返りながら、ほとんど、その言葉を自分の遺言のようにして書き続けたのだということです。

「もののあはれを知る」という道

もちろん、この小林秀雄最大の著作を、今、与えられた紙幅で語り切ることはできません。が、その核心部分だけでもスケッチしておきたいと思います。

では、まず、本居宣長（一七三〇―一八〇一）とは何者だったのか。

本居宣長は、江戸期の国学運動――契沖《けいちゅう》（一六四〇―一七〇一）、荷田春満《かだのあずままろ》（一六六九―一七三六）、賀茂真淵《かものまぶち》（一六九七―一七六九）の系譜――の最大の大成者であるだけでなく、日本思想史においても古義学をはじめた伊藤仁斎《じんさい》（一六二七―一七〇五）や、古文辞学を完成させた荻生徂徠《おぎゅうそらい》（一六六六―一七二八）と並ぶ文献学者でした。しかも、その後の近代への影響まで考えると、おそらく日本史上最大の思想家の一人だと言っても過言ではないでしょう。

本居宣長の仕事を大きく見ると、それは二つの柱から成り立っています。一つが、『古事記』についての膨大な実証研究からなる「古道論」、そして、もう一つが、歌や物語の基礎について論じた「もののあはれ論」です。もちろん、その二つは宣長において絡み合って存在していましたが、小林秀雄の眼差しも、その宣長における絡み合い――つまり、その独特の「解釈学的循環」のあり方――に向けられていました。

まず「古道論」ですが、それは古代世界に息づいていたはずの日本人の情《こころ》のあり方を探求する学問のことを指しています。宣長は、これを「ものへ行く道」と言いましたが、要するに、日本人にとっての神（迦微《かみ》）のあり方を究明し、その「解釈を拒絶して動じないもの」（「無常ということ」昭和十七年六月、傍点引用者）に従う道を明らかにすること、それが宣長における厳密な考証学の目的だったということです。

しかし、当時の本居宣長の前には、その「神の道」を覆っている様々な概念——払いのけられるべき〝覆い〟——が存在していました。その最たる〝覆い〟が、漢字です。

古代日本人は文字を持たず暮らしていましたが、そこに持ち込まれたのが、日本語とは明らかにその性格を異にする中国伝来の文字、すなわち漢字でした。その後、漢字は仏教や儒教などの外来思想を輸入するための器となり、行政文書（漢文）のみならず、日本古来の歌や物語まで、次第に漢字（漢字の音を利用した万葉仮名を含める）で表記されるようになっていきます。しかし、そうなると古くから伝えられてきた日本人の生き方や、その自然な情《こころ》の動きが見えにくくなってしまう。そこで宣長は、漢字到来以前の日本人の情《こころ》のあり方を明らかにするべく、当時ほとんど読まれなくなっていた——というより、当時、誰も解読できなくなっていた——日本最古の歴史書である『古事記』の実証研究に乗り出すことになります。その後、宣長の『古事記』研究は三十五年にわたって続けられ、その成果が『古事記伝』としてまとめられることになるのでした。

しかし、ここで強調しておかなければならないのは、本居宣長の厳密な文献学を成り立たせていたのが、宣長の単なる「知性」ではなく、中国人の生き方（仏教や儒教の教え）とは明らかに違う、日本人の生き方に対する宣長の「直観」だったということです。そもそも、日本人の情《こころ》への「直観」と、それを今、ここに甦らせたいという強い思いがなければ、宣長が『古事記』の研究に着手することもあり得なかったでしょう。

では、宣長の日本人に対する「直観」をもたらしたものとは何だったのか。

それこそは、宣長が若い頃から育ててきた日本文学との絆――『源氏物語』や『古今和歌集』や『万葉集』との親密で充実した関係――でした。そして、そこに本居宣長のもう一つの柱である、「もののあはれ論」が立ち上がってくることになります。「もの」という、人為では動かしがたい事実・運命――神としての自然――に触れて、「あはれ」と感じる心の動き、人間感情の最も深いところから湧き出てくる声を聞くことから全てが始まるのだとすれば、「もののあはれ」論とは、宣長の「直観」論だったと言うことができます。

そして、小林秀雄が見つめていたのも、そんな宣長の直観力でした。実際、小林は、「学問とは物知りに至る道ではない、己れを知る道であるとは、恐らく宣長のような天才には、殆《ほとん》ど本能的に摑まれていたのである」（『本居宣長』『全作品 第二十七集』127頁）と書いていましたが、まさしく、自らの文献学的研究を深めていけば深めていくほどに、宣長は、自分の研究――「解釈学的循環」の営み――を支えている最初の直観の神秘を、つまり、日本語の姿に触れて「おのずと心が感《うご》く」という自分を超えた威力を感じていたはずなのです。

よろずの事にふれて、おのずから心が感《ウゴ》くという、習い覚えた知識や分別には歯が立たぬ、基本的な人間経験があるという事が、先《ま》ず宣長には固く信じられている。心というものの有りようは、人々が「わが心」と気楽に考えている心より深いのであり、それが、事にふれて感《ウゴ》く、事に直接に、親密に感《ウゴ》く、その充実した、生きた情《ココロ》の働きに、不具も欠陥もある筈がない。それはそのまま分裂を知らず、観点を設けぬ、全的な認識力である筈だ。問題は、ただこの無私で自足した基本的な経験を、損《そこな》わず保持して行く事が難《むず》かしいというところにある。難かしいが、出来る事だ。これを高次な経験に豊かに育成する道はある。それが、宣長が考えていた、「物のあはれを知る」という「道」なのである。（『全作品 第二十七集』152頁、傍点引用者）

しかし、こうして考えてみると、この『本居宣長』のなかには、「様々なる意匠」から「ドストエフスキイの生活」（民衆論・信仰論）を通って、戦後の「私の人生論」に至るまでの小林秀雄の主題が、凝縮的に示されていることに気づかされます。

たとえば、「様々なる意匠」で展開されていたのも、「解釈学的循環」を駆動させる「直観」についての議論であり、その宿命的事態――「事にふれて感《ウゴ》く、事に直接に、親密に感《ウゴ》く、その充実した、生きた情《ココロ》の働き」――を描き出そうとする「批評」の自覚でした。それはまた、ドストエフスキー論では、混乱の中でもなお消えない「民衆」への信頼として語られ、「私の人生論」のなかでは、「見の目」とは違う「観の目」として語られたものでした。つまり、小林秀雄の批評とは、近代日本人の「漢心《からごころ》」（本居宣長）を取り去り、その先で「物のあはれを知る」という、人の生きる「道」を明らかにするための実践に貫かれていたのだということです。

「歌」の起源と「国語」

そして、文学の現場が、己の直観を一つの形へと仕上げていく「言葉」にこそあったのだとすれば、小林が、本居宣長の歌論に注目したのは当然だったと言うべきでしょう。
小林は宣長の訓詁《くんこ》（古い言葉の意味を解釈すること）を引いて次のように言います。

> 「歌」「詠」の字は、古来「うたふ」「ながむる」と訓じられて来たが、宣長の訓詁によれば、「うたふ」も「ながむる」も、もともと声を長く引くという同義の言葉である。「あしわけ小舟」にあるこの考えは、「石上私淑言」になると、更にくわしくなり、これに「なげく」が加わる。「なげく」も「長息《ナガイキ》」を意味する「なげき」の活用形であり、「うたふ」「ながむる」と元来同義なのである。
> 「ああ、はれ――あはれ」という生《な》まの感動の声は、この声を「なげく」「ながむる」事によって、歌になる。言うまでもなく、歌の本質を、そんな所に求めた歌学者はなかったので、これがわかりにくい考えである事は、宣長自身も承知していた。（同前258頁）

ここで重要なのは、感情をそのまま表出するのではなく、「もののあはれ」の生の感動の声を、あえて長く引き延ばし、整えることによって、それが「歌」になるという宣長の訓詰であり、そこに目をつける小林秀雄の感受性です。つまり、小林は、形のないものから次第に形が浮かび上がり、不安定なものから次第に安定的なものが生まれてくるその瞬間に何が起こっているのかを、宣長の訓詁から聞き出そうとしているのです。

たとえば、単に悲しみ泣き叫ぶだけでは、悲しみは一向に収まらず、また、そんな声を、私たちは聞きたくない、というよりは、長く聞いていられないと思うでしょう。しかし、その声を「あらかなしや、のうのう」と声を長く引き延ばし、声の調子と抑揚を整え、拍子をつけて文《アヤ》をなすなら、それは突然、人々と共有することのできる律‐型‐歌として現れることになります。そして、その安定した歌の形が、次第に悲しんでいる本人の心のみならず、周囲の人々の心をも鎮めていくことになるでしょう。いわば歌とは、ときに圧倒的な「自然」（無限の差異）に晒《さら》されて、その情《こころ》に動揺を来《きた》した人々が、それでも、その情《こころ》に形を与えようとして——つまり、他者の情《こころ》に「橋」を架けようとして——発した、一つの祈り、一つのリズム、一つの旋律だったということです。

とすれば、人が歌を詠むという行為は、前節で述べた、ゴッホの「色とデッサンとの格闘」と限りなく近い行為であることが分かるでしょう。ゴッホは色彩として溢れ出て来る激情を、なんとか、そのデッサンの形によって他者と共有できるものにしようと「格闘」

していました。そして、その「色彩」を「形あるもの」として整えることができている限り、ゴッホはゴッホの激情を鎮めることができたのです。

改めて、『本居宣長』から引用しておきましょう。

> 激情の発する叫びも呻《うめ》きも歌とは言えまい。それは、言葉とも言えぬ身体の動きであろう。だが、私達の身体の生きた組織は、混乱した動きには堪えられぬように出来上っているのだから、無秩序な叫び声が、無秩序なままに、放って置かれる事はない。私達が、思わず知らず「長息」をするのも、内部に感じられる混乱を整調しようとして、極めて自然に取る私達の動作であろう。其処《そこ》から歌という最初の言葉が「ほころび出」ると宣長は言うのだが、或《あるい》は私達がわれ知らず取る動作が既に言葉なき歌だとも、彼は言えたであろう。いずれにせよ、このような問題につき、正確な言葉など誰も持ってはいまい。ただ確かなのは、宣長が、言葉の生れ出る母体として、私達が、生きて行く必要上、われ知らず取る或る全的な態度なり体制なりを考えていた事である。言葉は、決して頭脳というような局所の考案によって、生れ出たものではない。この宣長の言語観の基礎にある考えは、銘記して置いた方がよい。（同前261頁）

では、このとき感情に一つの形を与えていたのは何なのか。それが理念的な概念（錯覚）ではないことはもちろん、また単なる感情（受動性）でもなかったことは言うまでもありません。それは「極めて自然に取る私達の動作」、つまり、我知らず歩き出すときのそれでもなお抑制がきいているリズム、自然に人間のなかに備わっているとしか言いようのない均衡への嗜好、また、その均衡を通じて、私たちが他者と通じ合う形を見出せることへの喜びの力です。そして、その均衡の強度を高めるのが歌‐文学‐芸術なのだとすれば、それはそのまま私たちの孤独を慰め、自然の狂熱を浄化（カタルシス）する「道」をも示すことになるでしょう。さらに、その「道」こそが人々との共同性をつくり上げていくことになるのです。

　はたして、そんな共同性の根底にあって私たちを支えているものが「国語」なら、その国語の「伝統」こそは、最も尊いものだと言うべきではないでしょうか。

> 〔……〕知的な意識には映じにくい、人々のおのずからな知慧《ちえ》が、人々の共有する国語伝統の強い底流を形成している。宣長はそう見ていた。

母親から教えられた片言という種子から育った母国語の組織だけが、私達が重ねて来た過去の経験の、自分等に親しい意味合《あい》や味わいを、貯《たくわ》えて置いてくれるのである。私達は、安心して、過去の保存を、これに託し、過去が失われず、現在のうちに生きかえるのを、期待しているわけだが、この安心や期待は、あまり大きく深いと言おうか、当り前過ぎると言おうか、安心しながら、期待しながら、そうとは気附かぬ程のものである。言語伝統は、其処《そこ》に、音を立てて流れているのだが、これを身体で感じ取っていながら、意識の上に、はっきり描き出す事が出来ずにいる。言語は言霊《ことだま》という自らの衝動を持ち、環境に出会い、自発的にこれに処している。事物に当《あた》って、己《おの》れを験《ため》し、事物に鍛えられて、己れの姿を形成しているものだ。（同前299―300頁）

私達は国語に先立って、どんな言語の範例も知らなかったのだし、私達は知らぬまに、国語の完成された言いざまの内にあり、これに順じて、自分達の思考や感情の動きを調《ととの》えていた。ここに養われた私達の信頼と満足とが、おのずから言語伝統を形成して、生きつづけたのは、当り前な事だ。宣長は、これを註《ちゅう》して「貴し」と言うのである。（同前319頁）

国語が信じられるということは、その国語を使って暮らす人々の情《こころ》が信じられているということです。また、その情《こころ》が信じられているということは、私たちが、どんなに内的な「ものへ行く道」を歩んだとしても、自分が自然（言語）から切り離され、孤立することはないと信じられているということです。そして、それらのことが信じられている限り、私たちは、私たちの「自由」を内に感じ続けることができるのです。

小林秀雄は、言葉というものを「第二の自然」と呼んでいました（「文学と自分」）。それなら、国語という自然を信じられているかぎり、私たちはその「自然」に抱き取られている自分をも信じることができるでしょう。そして、そのなかでこそ私たちは「おまえは、おまえである」という、あの宿命の声を聞くことになるのです。それなら、もう私たちは、周りをキョロキョロと見回す必要はない。ただ、自然に歩けばいいのです。

「自由」を守るために

昭和五十一年（一九七六）十二月、「本居宣長」の連載は終わることになります。このとき小林秀雄は七十四歳。すでに「死」が見えはじめた年齢だと言ってもいいでしょう。

そのころ、小林は一つの重要な講演録を発表します。「本居宣長」の連載が終わる二年前の昭和四十九年（一九七四）八月、九州の霧島で国民文化研究会主催の学生青年合宿教室に参加した小林は、そこで晩年を代表する講演「信ずることと知ること」を話すことになります。そして、翌昭和五十年（一九七五）三月、講演原稿に手を入れた上で、改めてそれを国民文化研究会のレポート『日本への回帰』第十集に発表することになります。

この講演は二部構成で成り立っていますが、その前半でベルクソンについて語った後、後半では、本居宣長の「古《いにしえ》」への情熱と重ねるようにして、柳田國《くに》男《お》（一八七五—一九六二）の学問を突き動かしていた、ある異常な直観について語りました。最後に、そのことについてお話しして、この章を閉じることにしましょう。

まず小林は、柳田國男の人生について述べたあと、その彼が書いた『山の人生』の冒頭部分のエピソードに注目します。柳田の『山の人生』から引いておきましょう。

> 今では記憶している者が、私のほかには一人もあるまい。三十年あまり前、世間のひどく不景気であった年に、西美《み》濃《の》の山の中で炭を焼く五十ばかりの男が、子供を二人まで、鉞《まさかり》で斫《き》り殺したことがあった。

　女房はとくに死んで、あとには十三になる男の子が一人あった。そこへどうした事情であったか、同じ歳くらいの小娘を貰って来て、山の炭焼小屋で一緒に育てていた。その子たちの名前はもう私も忘れてしまった。何としても炭は売れず、何度里へ降りても、いつも一合の米も手に入らなかった。最後の日にも空手《からて》で戻って来て、飢えきっている小さい者の顔を見るのがつらさに、すっと小屋の奥へ入って昼寝をしてしまった。

　眼がさめてみると、小屋の口いっぱいに夕日がさしていた。秋の末の事であったという。二人の子供がその日当りの処にしゃがんで、しきりに何かしているので、傍へ行ってみたら一生懸命に仕事に使う大きな斧《おの》を磨いていた。阿爺《おとう》、これでわしたちを殺してくれといったそうである。そうして入口の材木を枕にして、二人ながら仰向けに寝たそうである。それを見るとくらくらとして、前後の考えもなく二人の首を打ち落してしまった。それで自分は死ぬことができなくて、やがて捕えられて牢に入れられた。（柳田國男『山の人生』ちくま文庫81―82頁）

柳田國男の話をひとしきり紹介したのち、小林は、これを次のように解説します。

〔……〕この「山の人生」の話は、「故郷七十年」で、又繰返されているが、その思い切って簡潔な表現は、少しも変っていないのです。「小屋の口いっぱいに夕日がさしてゐた。秋の末のことであつたといふ」という全く同じ文句が繰返されている。読んでいると、何度くり返しても、その味わいを尽す事は出来ないと言われているような感じがして来ます。夕日は、斧を磨ぐ子供等のうちに入り込み、確かに彼等の心と融け合っている。そういう心の持ち方しか出来なかった、遠い昔の人の心から、感動は伝わって来るようだ。それを私達が感受し、これに心を動かされているなら、私達は、それとは気附かないが、心の奥底に、古人の心を、現に持っているという事にならないか。そうとしか考えようがないのではなかろうか。先《ま》ず、そういう心に動かされて、これを信じなければ、柳田さんの学問は出発出来なかった。これは確かな事です。民俗学の、柳田さん自身もうまく行かなかった定義など、少くともここでは、どうでもよろしいのです。

炭焼きの子供等の行為は、確信に満ちた、断乎たるものであって、子供染みた気紛れなど何処にも現れてはいない。それでいて、緊張した風もなければ、気負った様子も見せてはいない。純真に、率直に、われ知らず行なっているような、その趣が、私達を驚かす。機械的な行為と発作的な感情との分裂の意識などに悩んでいるような現代の「平地人」を、もしわれに還るなら、「戦慄せしめる」に足るものが、話の背後に覗いている。みんなと一緒に生活していく為には、先ず俺達が死ぬのが自然であろう。自然人の共同生活のうちで、幾万年の間磨かれて本能化したこのような智慧がなければ、人類はどうなったろう。そんなものまで感じられると言ったら、誇張になるだろうか。（「信ずることと知ること」『人生について』270—272頁）

ここで小林は、柳田の学問の定義などどうでもよい、むしろその学問を突き動かしていた柳田の心にこそ注目すべきだと強調します。その心とは、まさに古人《いにしえびと》の心と通じ合うような心、日本人の始原に還っていけるような心、そしてその始原と今とを繋いでいる言葉に反応できるような心のことです。その心に対する「直観」の強さを、山の人生のエピソードを何度となく思い出そうとする柳田國男の心のなかに看て取っているのです。

確かに、そのエピソードは、現代の「平地人」を、「戦慄せしめる」のに十分でしょう。しかし、そこに描かれている子どもたちの心ほど、「戦慄」から遠いものもありません。では、なぜ子どもたちは、「緊張した風もなければ、気負った様子も見せ」ずに、これほど落ち着いて自分たちの命をひとに〝与える〟ことができるのか。

答えは簡単です。この子どもたちは、「みんなと一緒に生活していく為には、先ず俺達が死ぬのが自然であろう」と感じているからです。おそらく彼らは、「自然」に抱き取られている自分を感じながら、その流れのなかに入っているのです。死を恐れるべきだとか、命を大事にすべきだとかいう議論とは全くレベルの違う、一つの持続のなかに入っているのです。それゆえに彼らは孤独ではないし、孤独でないがゆえに死を恐れないのです。自分の命は決して自分一人のなかで消えていくものではない。この死は、この自然の共同性を活かすための死であるがゆえに、私の命は永遠なのだとでもいったような信頼感が漲《みなぎ》っています。

もちろん、だからといって、このエピソードを指さして、「このように生きるべきだ」と言ってしまった瞬間、あの子どもたちの自然な落ち着きぶりは見えなくなってしまうでしょう。そして、その「自然」が見えなくなってしまった心の隙間に、あの「様々なる意匠」が——外的な富や、権力や、証拠や、知識や、正義が入り込んできてしまうのです。

とすれば、まずは、この心を信じることです。それさえ信じられれば、あとは勝手についてくる。「自然人の共同生活のうちで、幾万年の間磨かれて本能化したこのような智慧」について語る小林秀雄の言葉もまた「確信に満ちた、断乎たる」ものでした。

しかし、これこそが「自由」というものの手応えではないでしょうか。私たちは「もの」との親密で充実した関係のなかにあってはじめて、自分たちのエゴを超えて到来する計り知れない威力を感じながら、なお、その力に従うことの充実を感じとるのです。そして、その力を信じることだけが、私たちの人生を「意匠」から守り、生きる味わいをもたらすことになるのです。少なくとも小林秀雄は、そのように信じていました。

終章 「栗の樹」はどこにあるのか

直観とは「惚れる」こと

ここまで小林秀雄の著作を読みながら、彼の人生を辿ってきました。そのなかで改めて感じられたのは、小林秀雄がベルクソンから学んだ「直観」という言葉の重みです。それは、実際に「直観」という言葉がどれくらいの頻度で使われていたのかといったこととはあまり関係がありません。むしろ、その言葉から小林秀雄の生き方を見たとき、その人生を、どれほど明るませることができるのかという点こそが重要です。少なくとも私は、「直観」という言葉を抜きにして小林秀雄を読むことも、また、論じることもできません。

しかし、「直観」という言葉がベルクソン哲学から採られていたということもあって、それがなお分かり難さを孕んだ言葉であることも否定できないでしょう。それは主観とはどう違うのか、思い込みとはどう違うのか、あるいは、意見や空想とはどう違うのか。

しかし、それは、たとえば「惚れる」という経験を思い出すと分かりやすいかもしれません――この話は、第一章三節でもしたので覚えている方も多いと思います――。

では、その「惚れ」はどこからやってくるのか？　それは動かし難い「もの」――自然・言語・歴史――との関係からやってきます。つまり、「惚れ」とは、ある「もの」が自分の心に触れた、あるいは、自分が「もの」に触れたときに感じる、疑いようのない全体感、充実感のことです。その「もの」との交わりによって、私たち自身が「もの」であることを思い出すと言ってもいいでしょう。そのとき、私の「意識」という小さな部分は、ようやく「自然」という全体のなかに適切な位置を見つけ、その選びようのない宿命感――その必然性、持続、一貫性、自由――のなかに落ち着くことになるのです。

しかし、その意味で言えば、その宿命感――自然に繋ぎとめられた意識――を失ったとき現れてくるものが、「直観」の反対にある主観であり、思い込みであり、空想だと言っていいでしょう。

「もの」との絆を失った人間は、その意識をあてどなく浮遊させながら、その孤立した意識――つまり「主観」――を支えるための空想（イデオロギー）へと逃げていきます。それは、昭和初期の様々なる「意匠」のことを考えれば分かりやすいでしょう。

しかし、「意匠」は、「直観」から生まれたものではなく、その「直観」の不在を埋め合わせるために虚構されたものであるがゆえに、それはまた時間とともに自分を裏切っていくものにならざるを得ません。すると、自分の一貫性は失われますから、ますます彼／彼女は不安になっていく。そして、その不安を埋め合わせるために、さらなる「意匠」を求めて彷徨《さまよ》うことになるのです。こうして、「直観」の不在からはじまった悪循環はとめどなく私たちの「生」を毀損《きそん》していくことになります。

では、この悪循環を止める方法はあるのか。小林秀雄に言わせれば、それこそ、一人一人が、自分に与えられた「もの」――自然・言語・歴史――に素直に従うほかに「道」はないということになるでしょう。自分がそれと絆を取り結んでいる環境へと足を下し、そこから聞こえてくる「直観」に耳を澄まし、後ろから背中を押してくる力を自覚することです。

それ以外に人間の生き方はない、ということは、人間の幸福もないということです。

再び近代日本の問題へ

そう考えると、その最晩年に、小林が再び「近代」を論じはじめていたことの意味も見えてきます。

小林は、その「補記」も含めて本居宣長を論じ終えた翌年の昭和五十六年（一九八一）一月、最後の作品である「正宗白鳥の作について」の連載をはじめることになります。そこで問われていたのは、すでに序章でも見ておいたように、近代日本の分裂と、その縫合《ほうごう》という主題でした。

明治維新後の日本人は、欧米列強諸国に対抗するために自国の西洋化、近代化に努めました。その急激な改革は、確かに一面では成功を収めたかのように見えます。が、ベルクソンの言葉を借りれば、それは、「生活の必要」のために編み出した有用性の概念によって得た成功でしかありませんでした。ということは、そのとき私たちと「もの」との関係は失われ、そのことによって、私たちの「直観」も失われたのだということです。

そして、その「直観」を失って空っぽになった心のなかに、文明開化、富国強兵、殖産興業、立身出世などの「意匠」を流し込んだ近代日本は、最後に、大東亜共栄圏という空想を語り出すことになります。しかし、だからといって、戦後がそこから立ち直ったということではありません。戦後は戦後で、アメリカから「配給された自由」のなかで、戦後民主主義だの、平和主義だのといった「意匠」を飽きもせず語り続けたのでした。

けれども、それらの「意匠」に囚われれば囚われるほど、日本人は、日本人の「直観」を失い、ということは、日本人の「自由」を失い、より弱くなり、自信を育むことができなくなっていったのでした。小林秀雄の戦後の言葉には、生きていることの全体感を失った戦後日本人への疑念が、あちらこちらに滲《にじ》み出ています。

とはいえ、もちろん〝純粋な日本人〟などというものも一つの「意匠」でしかありません。事実、小林秀雄の文業を、西洋的教養抜きで考えることはできませんし、また、明治以降の日本人の生き方を、近代という現実を無視して考えることもできないでしょう。しかし、それゆえにこそ、日本人の「砧木《だいぎ》の幹」、つまり、西洋近代を接ぎ木する私たち自身の生き方、その無意識の持続感に対する自覚が決定的に重要になってくるのです。

言い方を換えれば、日本語を話し、この島国の自然と歴史のなかで暮らしながら、その自覚もなしで、どうやって近代という私たちとは異なる生き方を引き受けることができるのでしょうか。近代を引き受け、それを砧木の幹へと接着させ、そこに自分たちの生き方を見出すためにも、日本人は日本人の「自然」を適切に直観する必要があるのです。

序章でも紹介しておいたように、「正宗白鳥の作について」のなかで小林は、白鳥自身が「惚れ」た相手である内村鑑三に触れながら、彼が『代表的日本人』を書かねばならなかったことの意味について論じていました。小林は、内村が乗り移って描いた五人の日本人——西郷隆盛、上杉鷹山《ようざん》、二宮尊徳、中江藤樹《とうじゅ》、日蓮——を見つめながら、それを、「近代」を接ぎ木していく先にある「砧木の幹」として語っていました。

此の英文著作の独逸《ドイツ》語版が刊行されたとき（明治四十年）、著者は独逸の読書界、殊《こと》に第一作「余は如何にして基督信徒となりし乎《か》」を読んだ人々の為に、第二作の解説を書いている。――「此の書は、現在の余を示すものではない。これは現在基督信徒たる余自身の接木《つぎき》せられている砧木《だいぎ》の幹を示すものである」と。――これは、先《さ》きに言った「如何にして代表的日本人となりし乎」という考えの一歩前進を示すものと見てもよかろう。「砧木の幹」とは何か。内村に言わせれば、「裸体の未開人」として、私はこの世に生れて来たのではないという意味だ。――「母の胎に宿らざりし先に、種々なる感化が余を形成したのである」――内村の基督信徒としての物の言い方で言えば、――この「選びの業《わざ》は我が国民のうちに二千余年来はたらき、遂に余もまた主イエス・キリストの仕者《つかえびと》として選ばるるに至った」となるわけだ。わが国民をわが国民たらしめるのに二千余年働きつづけて来た歴史の人間形成力と言っていいものを考える以上、これは我が国語の働きと不離《ふり》なもの、或いは一体を成すものと考えざるを得まい。（「正宗白鳥の作について」『全作品 別巻二』232頁）

小林秀雄は、キリスト信徒である内村鑑三の「砧木の幹」として、「二千余年働きつづけて来た歴史の人間形成力」を見、その形成力の中心に「国語」の働きを見ていました。しかし、逆に言えばその伝統の働きを受け取っていたからこそ、内村鑑三のキリスト教は、「意匠」を超えて、一つの充実した姿として私たちの目の前に立ち現れていたと言うこともできます。いずれにしろ小林は、内村鑑三のなかに「西洋近代」と「砧木の幹」との一つの充実した接ぎ木の形を見出していました。

栗の樹はどこにある

ここで少し時間をさかのぼって、「近代絵画」の連載中に小林が書いた「栗の樹」という短いエッセイを取り上げて、本書の締め括りの言葉としたいと思います。

これは、昭和二十九年（一九五四）十一月に小林が朝日新聞に寄稿した文章ですが、そこには、その後の小林秀雄の人生を示唆するような言葉が記されていました。

> 現代に生れて文学をやるとは、辛い不快な事であり、その原因は、私達が伝承した西洋近代文学の毒の中に深く隠れている。（講談社文芸文庫『栗の樹』121頁）

そう簡単に書いた後、突然、自分の妻の話をすることになります。文学者でもない、知識人でもない、しかし、自分が親しく付き合ってきた一人の女性について、小林は次のようなエピソードを紹介します。

> 私の家内は、文学について、文学的な興味などを示した事がない。用事のない時の暇つぶしに、たまたま手許にある小説類を、選択なく読んでいるが、先日、〔島崎〕藤村《とうそん》の「家」を読み、非常な感動を受けた。だが、これも、彼女は信州生れで、信州の思い出が油然《ゆうぜん》と胸にわいたがためである。彼女は、毎日、人通りまれな一里余りの道を歩いて、小学校に通っていた。その中途に、栗の大木があって、そこまで来ると、あと半分といつも思った。それがやたらに見たくなったのだが、まさかそんな話も切り出せず、長い事ためらっていたが、我慢が出来ず、その由を語った。私が即座に賛成すると、親類への手土産などしこたま買い込み大喜びで出掛けた。数日後還って来て「やっぱり、ちゃんと生えていた」と上機嫌であった。さて、私の栗の樹は何処にあるのか。（同前121―122頁）

晩年の小林秀雄をよく知る編集者・郡《ぐん》司《じ》勝義《かつよし》（『小林秀雄の思ひ出』）や、小林の娘（白洲明子「父 小林秀雄」）の回想を読む限り、この「栗の樹」には小林の創作も少し入っていたようですが――栗の樹は実在はしたものの、それは家と学校の間ではなくて、家と母の里とのあいだにあったようです――、むしろ、そのことで小林の意図は明らかになるでしょう。つまり、小林は自分の妻が、その毎日の生活のなかで、その栗の樹とよく親しみ、かつ、それを当てにして生きてきたのだという事実が描きたいのです。

では、なぜ、そんなエピソードが重要なのか。

それは、「故郷」というものの手触りが、このようなエピソードによってしか間接的に示せないからです。それは、自分（妻）と、自分をつくった環境（学校という場所）との間にあるものなのです。自分と、自分が育った環境との絆を取り持つような記憶なのです。ふだんは自分の内側の奥底深くに眠っているものが、ある切掛けで一挙に表へ現れ出てくるときの、まさにその切掛けとなるようなもの思い出だと言っていいでしょう。

その意味では「栗の樹」とは「砧木の幹」の象徴でもあります。小林の妻は、島崎藤村の「家」を読んだだけで、その「砧木の幹」の存在を確かめるために、わざわざ、信州にまで出かけて行ったのです。

「栗の樹」は、近代人であるか否か、文学者であるか否かなどとは関係なく、誰の心の奥にも眠っている記憶でしょう。それは、心の曇り（概念）さえ取り払うことができたなら、誰でも思い出すことのできる過去なのです。小林は最後にこう言います、「さて、私の栗の樹は何処にあるのか」と。これが小林秀雄という一人の文学者の生き方であり、また、その人生に対する態度でした。

本書は、『小林秀雄の「人生」論』と題しつつ、小林秀雄の生き方、歩き方、あるいは考え方を、彼自身の言葉に沿って順を追って見てきました。「姿は似せがたく、意は似せ易し」とは宣長の言葉ですが、その言葉の通り、その人の人生論（意）を論じるには、その人の人生の形（姿）を示す以外に方法がないと考えたからです。

以上で本書を閉じたいと思いますが、島崎藤村の言葉が小林の妻を動かしたように、小林秀雄の言葉が読者の心に届くことを願っています。

あとがき

小林秀雄の『ゴッホの手紙』のなかに、「生来我が強く短気なおかげで、人生に生きる智慧の最上の部分は、何かをやっつけることのなかに隠れていると、早くから経験によって知った」という一節がありますが、今回の仕事ほど、この「やっつける」ことの意味を思い知らされたことはありません。こういう機会でもないと、いつまでたっても小林論は書かなかったかもしれないという気もしますが、しかし、こういう機会が、こういう風に訪れるとは、全くもっての予想外で、その意味で言えば、この本は私にとって、ほとんど「事件」といっていいものになりました。

最初、ゆっくりと半年から一年ほどかけて小林論を用意しようと思っていた私のところに、出版社から、「どうしても、今、書くことはできないか」と相談を持ち込まれたのが九月の終わり。それで十月初めまでに口述筆記を済ませ、その整理を二週間で済ませるという気も狂わんばかりのスケジュールに追い立てられながら、なんとか脱稿したのが十月二十日。それは、まさに小林秀雄を「やっつける」というにふさわしい日々でした。

もちろん、ある程度の用意がなかったわけではありません。が、それは、修士論文で小林秀雄を扱って以来、折に触れて小林を読み返してきた記憶を主なものとせざるを得ませんでした。しかし、今となっては逆に、それが良かったのかもしれないとも思います。

それは、私が私において「上手に思い出す事」（「無常ということ」）を試されたということもありますが、それ以上に、小林秀雄という文学者の人生と思想を、ある程度まで俯瞰的に、そして分かりやすくまとめ上げるためには、こういう外からの強制力がないと無理だったかもしれないと思うからです。そうでないと、おらく私は、小林の一言一句にこだわりながら、この本を、もっと「文学的」に書いていたはずです。編集者のお二人を前に、講義するように口述したからこそ、ハイデガーだのウィトゲンシュタインだのという名前も出てきたのでしょう。

いずれにしろ、この本が私にとって、決定的な本になったことは変わりありません。色んな意味で全力を出し切りました。もっと用意ができていたら……もっと文献を読み込めていたら……、もっとゆっくり文章が書けたなら……言い訳は幾らでもできます。が、『ゴ

NHK出版新書好評既刊

教育格差の経済学
何が子どもの将来を決めるのか

橘木俊詔

何が教育格差を生み出すのか。所得の影響、保育園と幼稚園の差、塾の効果などを、格差研究の第一人者がコストとリターンの観点から徹底分析！

631

人類の選択
「ポスト・コロナ」を世界史で解く

佐藤　優

コロナ禍を歴史的に分析し、国際情勢と日本の未来を展望。複数の選択肢に揺れるコロナ後の世界と人間の生き方に確固たる指針を示す！

632

名著ではじめる哲学入門

萱野稔人

哲学とは何か。アリストテレスで「人間」の本質を抉り、ハイデガーで「存在」の意味を知る。複雑化する世界を新視点で捉える実践的学び直しの書。

633

イノベーションはいかに起こすか
ＡＩ・ＩｏＴ時代の社会革新

坂村　健

日本よ「変わる勇気」を持て。世界に先駆けＩｏＴのコンセプトを提唱した稀代のコンピューター学者が、私たちの社会の進むべき道を指し示す。

634

マルクス・ガブリエル　危機の時代を語る

丸山俊一＋ＮＨＫ「欲望の時代の哲学」制作班

人気番組のニューヨーク編から、大反響だった「ガブリエルと知の最前線5人との対話」をまるごと書籍化！コロナ直後の緊急インタビューも収載！

635

「冴える脳」をつくる5つのステップ
ゆっくり急ぐ生き方の実践

築山　節

日々の不調に加え、コロナ禍で脅かされる生活や健康。現代人が抱える不安に適切に対処できる「脳」のつくり方を、ベストセラーの著者が解説。

636

NHK出版新書好評既刊

656
宗教の本性
誰が「私」を救うのか
佐々木 閑

科学にも通じる仏教学者が、一神教、多神教、二元論宗教、イデオロギーまで、「なぜ人間は宗教なしで生きられないのか」を解き明かす、究極の宗教論。

657
子どもの目が危ない
「超近視時代」に視力をどう守るか
大石寛人
NHKスペシャル取材班

スマホやタブレットの使用、ゲームのやり過ぎが、子どもの深刻な近視を引き起こしている。科学的根拠のある治療法を徹底取材をもとに紹介する。

658
サボる哲学
労働の未来から逃散せよ
栗原 康

「はたらかざるもの食うべからず」。そんな世界は正常か？ 気鋭のアナキスト文人が資本主義下の労働倫理を解体し、そこから逃亡する道を拓く！

659
太平洋戦争への道 1931-1941
半藤一利
加藤陽子
保阪正康［編著］

昭和史研究のスペシャリストが集結して話題を呼んだNHKラジオ番組の書籍化。昭和日本が犯した「最大の失敗」から、令和日本が進む道を提言する。

660
50代で決める！最強の「お金」戦略
荻原博子

50歳からの賢い働き方、トクする保険・年金の活用術、年金だけで暮らせる家計づくりのコツなど、家計経済の第一人者が最新「裏ワザ」を徹底指南！

655
デジタル・ファシズム
日本の資産と主権が消える
堤 未果

行政、金融、教育――日本の公共システムが、米中巨大資本に食われる！ 気鋭のジャーナリストが明かす「日本デジタル化計画」驚愕の事実。